美好终会遇见美好

白音格力 著

中国华侨出版社
·北京·

图书在版编目（CIP）数据

美好终会遇见美好 / 白音格力著 .—北京：中国华侨出版社，2018.7

 ISBN 978-7-5113-7738-8

Ⅰ.①美… Ⅱ.①白… Ⅲ.①散文集—中国—当代 Ⅳ.① I267

中国版本图书馆 CIP 数据核字（2018）第 157047 号

美好终会遇见美好

著　　者 / 白音格力
责任编辑 / 安　可
责任校对 / 王京燕
经　　销 / 新华书店
开　　本 / 670 毫米 ×960 毫米　1/16　印张 /15　字数 /198 千字
印　　刷 / 三河市华润印刷有限公司
版　　次 / 2022 年 2 月第 1 版第 2 次印刷
书　　号 / ISBN 978-7-5113-7738-8
定　　价 / 39.00 元

中国华侨出版社　北京市朝阳区静安里 26 号通成达大厦 3 层　邮编：100028
法律顾问：陈鹰律师事务所
编辑部：（010）64443056　　64443979
发行部：（010）64443051　　传真：（010）64439708
网　　址：www.oveaschin.com
E-mail：oveaschin@sina.com

自序　自持花香心

一直坚信，写作是一件自持花香的事情。

这个世界并不是纯净的、纯粹的，这个世界并不是你想象的样子，有善也有恶，有好也有坏，有美也有丑，有爱也有恨，但是这并不重要，重要的是，你相信什么！

你相信风是甜的，雨是甜的，落花是甜的，飞雪也是甜的，那么你的一个夜晚就是一个糖果，一生就是光阴酿的蜜。

你相信你是一个自持花香、自在行走的旅人，你的一生，也将被光阴的笔墨，写出一朵花又一朵花。

我曾有愿，要像一朵花，开也幸福落也幸福，能放亦能收——要能收，收到只做美好的自己。也不需一言，全在无语的深情里。那深情是日月的泉，是花开到清香，我要能倒映自己，然后看到你。

可是人生糊里糊涂地过，一直要自持的清醒，常不得愿。若是我能开花，定开出自己的清香，不去染尘世，甚至于你也愿是"无染"。

于是，我才写。不说话，不与尘世与人有过多交谈，只是写，写让我清醒，让我清净，让我觉得我是个自持花香的人。

我始终相信，真正的写作者，文字是血，是骨，也是肉。我把"肉"

这一表象放在最后,是觉得,血是内在源,骨是内在气节,肉是表面,不管是内,是表面,都需要,当血与骨做好了,表面的也便如玉了。

那玉是高洁质地,那玉也让自己觉得能散发着香。是什么香?想不好,唯一能想的自然是花香。

就像一生的墨香,到底是怎样的香,是遇到一生人的香啊,这个人,也必是与你一样,自持花香而来。

写作如初春的百花香,也必带着秋香。秋天一直在做减法:减去花,留下叶;减去叶,留下果;减去果,留下寒枝。人也应该学会做减法:减去喧热,留下清凉;减去浮躁,留下素净;减去负累,留下简单。

所以,我的热爱,也越来越简单,最后只剩下一支瘦笔,慢慢写几行字,慢慢地开出自己的墨香,自持的香。

我在《日染一瓣》一文中曾提到,哪天不写作,就会觉得灵魂薄了几分,会觉得整个人缺失了一角。写作对我来说是命,是生命的命,也是命运的命,更是使命的命。所以,每天都会抽时间写一点,不论多少,不论好坏。仿佛只有这样,时间才没有被虚度。如此,总感觉我手中的时光,是有香味的。

在写作的过程中,我越来越清晰地看到,这一路走来,有那么多一路同行的人,在每一个日常朴素而珍重的一笔里,温暖相遇,相宜静好。

所以出版散文集《见素见美》与《一生看花相思老》时,我有过一个心愿:我们一起写字,珍藏一段好文字,珍藏一段好光阴。一百岁的时候,一起廊间窗前捧读,身边白云满碗,清风满盏,到老都是好生活、好滋味。

以上两本书出版后,收到很多赞美。诚惶诚恐之余,确实心是欢喜的,因为我不曾辜负花开一场,不曾辜负光阴万卷。

记住了一句赞美"你写下的每一个字,每一个词,都可以装帧成画了",是因为,我在写《美好终会遇见美好》和《一生的墨,见一生的人》这两本书的过程里,我刚好想过,有没有人可以将花香画成画。花香看不见,摸不到,若有人将其画入画中,那该多美多香。

肯定没人做得到,可因这一句赞美,我才明白,是可以的,用笔墨书写,便可将花香入画。这样一想,便觉得人生再无平庸,再无流年,有好花开过,又能自持花香,就够了。

到最后,我知道,我只想这样简单、清喜、自持花香地写下去。

最终,我要写一本光阴之书,它看不见,摸不着。但我还是抚了又抚,然后送给美好的人。我知道你能看得见,就让它好好陪你,偷偷看你,你笑时,你乐时,你写字时,你看花时,我让书里面的字组成一场描述,偷偷跑来告诉我。

我知道,那一场描述,也许只是描其叶,描其花,我于光阴的笺上,也能闻到花香。

目录 Contents

第一辑　我们都该有内在的天气

003 … 有客清风至
006 … 你安静得像一封信
010 … 且喜当行
012 … 菊月授衣
015 … 风月娟然
019 … 你的和我的城市都在下雪
022 … 情味
025 … 老在一本诗集里
028 … 愿一生有所痴缠
031 … 一番欢喜一番痴
035 … 与我说一段岁月闲话
038 … 住进词牌里
040 … 我们都该有内在的天气
045 … 居闲意思长
048 … 奉花晏笑

050 ⋯ 愿如一缕墨

053 ⋯ 不辞为君弹

056 ⋯ 自若

058 ⋯ 活成月白风清

第二辑　美好会遇见美好

063 ⋯ 退到一卷书里

065 ⋯ 坐夏

067 ⋯ 空之美

071 ⋯ 从君老烟水

073 ⋯ 痴绝江南忘尘处

077 ⋯ 一朵花和另一朵花在一起

080 ⋯ 目光牵着目光

083 ⋯ 我心素已闲，山头种白云

087 ⋯ 红是绿的情书

089 ⋯ 美好会遇见美好

091 ⋯ 半阕岁月，半阕风静

093 ⋯ 一方砚

097 ⋯ 惜花人早出

102 ⋯ 云之窝

105 ⋯ 你喜欢

108 ⋯ 唯念你让我如白衣少年模样

112 ⋯ 婉容喜色

115 … 单衣披雪，细嗅梅花
118 … 一棵树一个旅店
121 … 一种

第三辑　想为你取名叫春天

127 … 你美好了，所有的花都是开给你看
131 … 寻我前世遗落在今生的花籽
135 … 深心独往
138 … 向内丰盈
141 … 自题小照
144 … 到春天的路口摆摊卖诗
147 … 为了与一粒纯净的花籽相遇
149 … 时光惊雪，美人惊梅
151 … 想为你取名叫春天
154 … 手弄流云
157 … 焚香净手，侍弄花开
159 … 你是源泉，我是泉上涟漪
162 … 风软眉眼
164 … 花满玉壶
167 … 今我来思，杏花成溪
170 … 一生与干净的花朵交往
172 … 春深一寸
174 … 摘云归来

第四辑　花摇响铃铛

179 … 菖蒲君

182 … 发呆

185 … 月上忽看梅影出

187 … 静缘

189 … 邀一段光阴，约一个故人

194 … 我的早餐是一碗花

197 … 竹夏

201 … 致虞美人

204 … 致凌霄花

207 … 日染一瓣

210 … 斋心相见

212 … 唐牵着宋，魂牵着魂

214 … 心上一杯茶，对坐无别人

216 … 花摇响铃铛

218 … 六十岁的你，亲启

221 … 晨起无事

225 … 六月见莲

227 … 朝茶晚酒好花天

第一辑

我们
都该有内在的天气

我一生的内在天气,
都被珍重记录。
那一日,花影婆娑;
那一年,风光旖旎;
那一世,光阴柔软。
不再畏惧,从容微笑。

在我的内心里,
总有那么一场花事,
一片风光,
那么一个你,
是一生的好天气。

有客清风至

我只愿是你的一个清风客，如僧敲月下门，如清泉石上流，夜来月下，山水寂然。

古人累心时，可以静坐枯庵、溪石、湖亭，于方寸地，平心静观。花开风里，心观自在，身体放空，襟怀出云。

我曾数月几次，去一小山见两棵枯掉的树，它们并排着，齐齐地向一个方向，斜身倾倒。根因在山沟边沿，所以外露，盘在一起，特别醒目。

坐在两树粗根相连处，一直想知道，它们会彼此说些什么。往返几次，有时干脆就躺在它们身旁，树林静幽，我想无心地睡在这里，也不错。

那时忽然觉得，我是它们的清风客，不是正好？不关心山下的街道，不关心明天的事务。

正如明代儒学家陈白沙所言："不累于外物，不累于耳目，不累于造次颠沛。鸢飞鱼跃，其机在我。"果然是这样。

在我，我可以是清风。

马致远说："林泉隐居谁到此？有客清风至。"

我们没有山间茅屋，篱笆小园，没有《诗经》开出的桃，没有陶渊明种出的菊,也没有周敦颐爱过的莲。但我们有腿,有目,有耳。行到诗中便见桃,去到南山可看菊,来到池边能赏莲;要不就在自家窗前,听风听雨听雪。雨雪不常有,风四季如客,换着或温柔或清爽的行头,时时来拜访。

所以我的房间,四季更替,有客清风至。

最喜欢房间里的味道,便是风的味道。春风十里,远远捎来百花消息;夏蝉阵阵,窗外荷风送香气;秋月空明,细风剪来一串篱外菊香;冬窗含雪,风送梅萼清香,此时正好听一杯暖茶,说一些老故事。

如此,何愁不到古人佳处。

这佳处,是任意处,是自在。如清风,能去焦灼、烦忧、困顿;可送鸟鸣,传花信,携水声。如此,走在山间,桃花成溪,野草为诗,随处一走,步步生香;行在世间,开门见山,云雾缭绕,窗外清泉,日夜弹琴。

人于世间行走,其实心中都有一间屋。有的屋里,坐满了徘徊、困顿的人;有的屋里填满了热闹、喧嚣的人;有的屋里,窗明几净,两三友人温暖交谈。

不管如何奔波,如何劳碌,我却希望,我可以时时回到自己内心那间屋里。也许只是一个人,一个人坐坐,喝一杯茶,翻几页书;也许可以发发呆,想念一个清凉的人;也许每天都有清风客人,陪我一茶一书。

我知道,如果心中有清草香,心中有溪水声,必是清风来过。做一个心中有清风客的人,眼睛是清澈的,手指是温柔的。如此,走在哪里,自己也会成为别人的清风客。

也许,路走一半,遇你宅门,门旁种着一页春天,开满柔软的时光。

我悄悄路过，他日，你知道有客人来过，那不是我，是清风，绕过花枝，去时如诗行。

（二〇一五年九月九日）

你安静得像一封信

看一朋友，屋门旁养一池荷，窗前置修竹，闲时会画一幅长长的山水卷，也与内心与岁月写几多清凉语如长长的信。

也许我们都有这样的念头，很想很想给一个人写一封信，很长很长的信，很慢很慢的信，寄到岁月里。余下光阴，且守池荷听竹风，殷殷往事入画屏。

在我长长的岁月里，你安静得像一封信。

其实我们每个人都有过这样一封信。这样的一封信，写在往事信笺上，从岁月里寄来。我一读再读。一开始是青草香，最后是檀木香。

很多年前看过一句话，年龄是一把拆信刀。

现在想想，是的，只有到一定年龄，才有机会拆开岁月寄来的，拆开念的人寄来的，也拆开草木花月寄来的，拆开另一个自己寄来的，一封信。

于安静一隅，静静地读着，身边有素陶与花，光阴与茶，一字一句，悲喜交集。还好，终于读到，弹指韶华，那些痴念已开花，一分孤往，十分情深。

周祥林著作《花笺一百声》的封面有语：案上的花笺，笔下的墨痕，一个似梦，一个如云；汇在一起，便成了思念。无声，有声，一声，一百声……

只想着那一封封载着花的信笺，笔下尽是风情，着一字，书一行，淡的念便如梦萦。再回味那"无声"，是如此安静，如此美妙。

至深至真至美的情感，不都是"无声"的吗？

在更深的无声的岁月里，花开着，你在一个地址上，眉眼明媚，仿佛岁月在照顾你。

于无声处，你是我街头听到的一首熟悉的歌，是我夜里窗前翻开的书页，甚至，你就是我的一段岁月。

然而，每回首，处处又都是"有声"的。那些过往，像一朵花，像一片月光，月光走着，就是心跳声，心跳声里你走来，是花开的声音，一声，两声，一百声。

那么安静的声音，原来是走在心上的声音。

铺开信笺，想每天给你写一种花。

简单地描它的样子，写它的香气；再写两行诗，一行写你，一行写我。心中有美一人，婉如清扬，那么安静，那么无邪。

有一种人，是你一生的岁月，你走在其中，连光阴都在照顾你，给你明眸，赠你微笑。

思念的时候，我也要安静得像一封信。我早早地准备了一个信封，写上你的名字，地址是昨天。

在我长长的岁月里，你安静得像一封信。从未抵达，却是光阴里我与你结下的缘。

山与水结缘，桥与微澜结缘，清风与明月结缘，一封信与一个地址结缘，真是无言之美。

一个朝代与历史所能结的缘，我想要归功于诗人；一座城与时间结的缘，我想必是往事做的媒。而我与你的缘，在世间大美中，很小很小，却得清风照顾，得明月眷顾，也许只是一点芳兰蕊，只是一杯雨前茶，很慢很慢的香，开在前世寄来的一封信里。

（二〇一五年九月二十二日）

我想要一个大房间，里面全是书，架上是书，地上是书，墙上是书，床边是书，即使满满的，只容花香穿走。

且喜当行

　　一直想做一些笔记，每天涓滴，终成一池，或许有朝长出莲。

　　或质朴，或纯真，或有趣，寥寥几个字，简单，快乐。比如，某年某月某日，看某些字画，一缕墨，像某条巷子里若有若无的烟；比如，某个午后忙碌之余泡茶，悄然恍然间，清水中与你照面；比如，某个傍晚去山间，享一时的静，不需修篱种菊，处处皆是自在。

　　想来这一笔一笔所记，一定是人行走间难得的小欢喜，清丽，婉转，有余味。也许是柔肠几寸，也许是情怀几分，不需费我多少笔墨，也不需人间付我多少良辰，且行且喜，自持自足。

　　如此也就明白了明代陈白沙为什么只看简单的景，就写出那么有情味的句子来："水流石间，生两松树。洗耳挂瓢，无此佳处。"

　　是再无佳处吗？一定不是。是因为欢喜心，很小，不在别处，只在当下。

　　八大山人自题《个山小像》有句："今朝且喜当行，穿过葛藤露布。"

　　这一句多年前就在有关介绍八大山人的文字里看过，但并不懂后一句的意思。查后才知，意思是"超越理性知识"。禅宗将人的知识活动称之为"葛藤下话"，很多大家都认为这个比喻很生动形象，是与非，有与无，像葛藤一样，纠缠在一起。

　　其实世间人与人、人与事，何尝不是葛藤纠缠，难分难解，所以看清后才有"今朝"之悟，才明了，"且喜当行"。

于是，我曾想，或许八大山人能抛开一切尘烟往事，却仍旧难免与自己"纠缠不清"。所以，即使他追求"天心鸥兹"之境界，希望如一只有天心的鸥鸟一样，自在游戏，但终归还是会画出《枯鸟图》，让人看了，竟有一丝心疼，心中无法做到"无"，无法舍纠缠的杂念。

所以，干脆点，我将后一句去掉，希望自己根本不去在意要"穿过"哪里，更无须在痛后彻悟始才有"今朝"，唯剩下一句"且喜当行"。

就像我在一本书中无意记上的一笔——今天窗外的云，自叠山峦，自飘岚气，今日再读，只有欢喜，并不曾记得那一日，是否焦心，有困惑。

或者是山中隐者，胸中蓄着山水，笔尖蘸着云，才画得出那云山浑莽有形。记得记下的那一刻，好想放下一切追过去，也许有一条云做的小径，任我攀，任我爬。

人一生，追的东西太多，追名追利追自我，能去追一片云，该多好。诗人孔孚在一首诗中写道：我追一片云，跑进一家商店里去了。躲在墙上一幅泼墨山水的半腰，还动呢！

我不记得其他，不过多少年以后，我一定还会记得，一朵躲到画里的云。

好人生，能藏雅于室，怀古于心，简朴于日常，一生随缘随喜，且喜当行。

遇一山，林泉有致，走在其间，背上似有琴，有风来弹。那就停下来，或坐或卧，看水潺潺，草木朗清。回到家中，小窗雅净，案几幽洁，仿佛身上染着清风，流着清泉。终是情怀自适，幽人一个，终是能于尘世而忘归，于劳碌而忘倦，于岁月而忘老。

（二〇一五年十月六日）

菊月授衣

农历九月，有两个好听的名字，一个叫"菊月"，一个叫"授衣"。

十月中旬曾出了趟远门，再回时楼下菊花开了一片，看日期才知，已过了农历九月。风已清又渐凉，这秋也就薄透了。

以前秋光很慢，慢慢地染黄了街边的树，慢慢地催开了菊，慢慢地为我们披了一件衣。是什么时候，突然感觉一切都那么快。

幸好有菊，灿灿地开着。孤标傲世，凌霜不惧。

一个人，能不惧时光老去，不惧容颜淡尽，该是怎样的从容。

人在夏的焦灼里最盼初秋，水开始清，天开始蓝，秋山也明净如妆。但到了菊月，已渐渐入了深秋，加了衣，仍抵御不了寒气的侵入。

所以，一想到"授衣"，心便先暖了几分。

古人把农历九月当作授衣之时。"九月霜始降，妇功成，可以授冬衣矣。"

想象一下，普通人家，院落门前，菊花透着几分野性，开得悠然，仪态自若。家中女子在一块块素而暖的布里，穿针引线，笃定而美好。

一天一天，从深秋到初雪，仿佛也是把平常日子缝进了衣里，把阳光缝进了衣里。穿的人，身上有暖光照着，不会怕冷。

这样的寻常人家里，总会有一个书生，和一个授衣女子。

对授衣女子而言，也许最欣慰的莫过于用心意缝好一件衣，然后一生看他是良人。

当捻了最后一个线头，用牙齿轻轻一咬，线断了，衣成了，嘴角微微上扬，举衣细端量，欢喜都在心上。

在她平淡的岁月里，从此，便有了一幅美好到惊艳的画：书生青衫，素衣见雪。

一件衣，棉而线，线而布，布而衣，时间的经纬，岁月的纹理，都在其中。

如此看来，一件衣，何尝不是人的一生，剥一茧，抽一丝，纺一线，织一布，缝一衣。

我们穿在身上的，又何尝不是我们自己的人生呢？

人更多的时候，要学会为自己授衣。

浮躁时，授之以明月衣；苦雨时，授之以绿蓑衣；最终不管得与失、成与败，都要授之以青衣。

最好是青衣啊，这样，人才能神态端然，含蓄内敛，出口即韵白。是啊，正如有人总结的那样，花旦美在青春，青衣美在岁月啊。

如此，即使人到菊月又岁深，也能忍得了苦寒，安得了淡泊，从容娴静。

季节是最好的授衣者。

她为竹授衣，所以竹在文人墨客的笔下，"每一节都是修养，每一叶都是圣墨"；她为菊授衣，所以菊在诗词雅文里，才能"悠然见南山"，在一个平平常常的人家里，才能屋前篱边，秋风白雪，仍开得艳暖。

一个书写者，该珍重为一本书授衣，如此他才能带着灵魂的香气，坐在封面上；一个阅读者，该珍重为一段文字授衣，如此他才能在人生的雪夜里，与往事温暖叙旧。

岁月为一个老屋授衣，小院风静，炊烟披霞；光阴为一个人授衣，行走小坐，眉目生暖。若情深，你必是珍重为我授衣，我将请光阴穿针，岁月引线，以爱为你授衣。

（二〇一五年十一月十二日）

风月娟然

即使深冬，薄衫吹透，可是想你的时候，风月娟然。

总会有那么一个人，那么一份念，不论何种节气，仿佛都能让人心中住着一个春天，花悠然地开，风与月，娟然地来。

有一段时间一直在纸上写这四个字，风月娟然。再抬头看窗外的月，还有风，静香吹来，心娴静安然，万物迷人。

这个词出自明代汤传楹之笔。他写道："风月娟然，天下第一有情物，而于韵士美人，尤为亲近。"

风月，怎么会不亲近呢？因为它是属于韵人，属于美人的。

吟诗作画，烹茶展卷，并非只是古代韵士的雅事，当下心中有风月的，大有人在。

也去忙生活，也去理俗事，但家中总有一安静处，闲对一盏茶，兴起一纸墨。

美人心中，仿佛永远有着风月时令，她在其中，焚香、浇花、捧砚、磨墨，痴缠一生，像风停在花枝上，月挂在珠帘上。有个书生样的人，在窗前把风赏月，吟下一行诗。

因为汤传楹懂韵士之情，懂美人之意，所以总觉得他是风月娟然的人。难怪对他的评价，不外乎"美风姿，性高洁，才思敏妙"；甚至因

我心有翠微,向上看光,向下看尘埃。

阳光一藤藤地,爬满往事的墙。

为他的诗情深厚，说他"浓艳仿西昆"；而又能"古文辞亦纵横爽迈"，却又兼细腻旖旎，工词曲，"小词多秀发之句"。

是的，风月娟然，就是这样的小词。轻轻念在唇上，便顿时觉得，他是韵士，你是美人。

当年杜甫饱经丧乱后，于成都南门外的百花潭一带建草堂。斜风细雨时节，翠竹轻摇，枝叶明净，于是他赋得一首七律，其中有一句"风含翠筱娟娟净"最是动人。

与其说这是景致之美，不如说是人心中那份陶然。所以，即使在动荡年代，因心有疏放，才敢细致描写一景一色时，为自己粗放地写上一笔："自笑狂夫老更狂。"

人生难得这样一份阔天阔地的好胸怀。也只有于风月里，于美妙处，才能禁不住如此狂狷。欣喜于诗词中遇见这些古人，遇见这样一个个让灵魂生香的词。

为心中一直追求的那份娟然，想大胆在杜甫诗句后，添上拙朴一笔——风含翠筱娟娟净，月吐微云般般闲。

愿将它，视作人生的节气。

风月一定是人一生的节气了。

春时，可以借孟郊马蹄上的春风，去看尽长安花；秋时，可以学李白去赊月色，买酒白云边。

人一生越往季节深处走，仿佛越走进心中一潭水，风静下来了，月坐下来了。不再为得失而纠葛，不再为名利而辗转，甚至不再为一个念念不忘的人而愁云惨淡——那些美好的往事啊，风月正娟然。

是该渐渐澄净，如清风拂过水面，早早挂月相映，看故事如一尾鱼，衔走几缕花事。

　　人一生的节气，仿佛就是，见了一些老友，念了一个旧人，看了一轮新月，风宿住，书页在某个角落泛你见不到的黄，潭水发表了一篇花影，鱼潜在深处读。

　　我相信，长长的岁月里，最美的良辰，便是想你时，风月娟然。

（二〇一五年十一月二十六日）

你的和我的城市都在下雪

自从你走后,我怀念你的时候,你的和我的城市都在下雪。

看着车窗外纷纷扬扬的雪花,心中冒出这么一句。想象着世间最伤怀的感情,莫过于分别在雪夜。于是想象这样的离别故事也许可以写成几行诗:那一年的第一场雪,像一本书洁白的封面,我和你明明站在扉页上,想把每一章都经历,最后,却在封面上,站成两个相离别的身影。

如今的我,不再喜欢流连于纳兰词中说的"倚楼谁与话春闲,数到今朝三月二"的孤清与离愁。

下雪了,春还远着。三月三月,那么远。像一场花事,迟迟不来。可是,虽然迟,但迟早会来。

想起一个朋友当年在一杯酒里醉了,然后跟我说的话。他说:"下雪时,最想一个人,白茫茫的,见不到,更怀念。"

一个真情意的人,孤痴地爱着,是内心的陷落,像一朵雪花,轻轻的,白白的,就足以染满世界。

多年前在大连街边一个快餐店,吃着一碗热腾腾的面,落地窗前,突然飘起了雪。然后一整夜,大雪覆盖了一切。

那么白,所有的白,都是纯洁的,是内心的底色。

那个场景,正好与我手头正翻的一本杂志里的相似。她坐了两天三夜的火车,绿皮的,穿过大半个中国,只为了这么一次,离一个男人很近，很近很近的一个快餐店，吃了一碗面。

我当时不明白这种感情，直到下了一场雪，突然觉得，也许她只是为了这么一次，让自己心安——因为她终于离他近了，那么近。

只是她的窗前没有落雪。也许，她的身体里，早已下过无数的雪了。她明白，有些往事，最好如雪，如雪一样洁白，也如雪，盖了一切。

我的半生里，还有另一场雪。

某个深夜走在街头，雪在路灯下，那么美，纷纷扬扬的，好似很热闹，却那么静。

突然在那个夜里，就想爬上一座山，四野都是雪，像绵绵的情话，把一座山的伟岸，都温柔抱在怀里。所以我就爬上一座山，松树很静，绿的针般的叶上都披了雪，风也很静，像一场往事落了一地。

我躺在雪里，真静。整个身体都静了，从来没有那么静。只感觉，所有的，全世界的雪，都是为我而落。落满四周，落满身体。

片片好雪啊，不落别处。真是这样。

那一年，当离别把自己的身体和灵魂分开的时候，我在想你。想你的时候，你的和我的城市都在下雪。

车窗外的雪，依旧是纷纷扬扬，心里又冒出这么一句。

有些人，有些往事，有些怀念，"遥知不是雪，为有暗香来"。

怀念的雪一落，梅花就开了。

是的，肯定是这样的。就像我打开一本书，看到一个词，那么美，让我在一秒钟想起你。在洁白的纸张上，你是一个词的美好模样，一下子，让我终于可以抵达你。

自从你走后，我怀念你的时候，你的和我的城市都在下雪。

我和你，在一本书洁白的封面上，途经最美的扉页，一起把每一章都经历。总有一章，开满春花。

（二〇一五年十一月二十六日）

情味

　　情味一词，总有点旧的味道。
　　老家的旧坛子在墙角旧着，每晚依然会有白月光照白了窗。旧时光不在了，但那些岁月里的旧物依然安稳，从容，任光阴薄寒，往事轻烟。
　　那时，心中情味，简简单单，干干净净，世间杂念纷扰百般千种都舍去，唯念一个好。

　　把月光作旧，心事就多了情味，再一动念，往事旖旎，内心皎洁。
　　写过"往事已被世间月光作旧"的句子，是因为我知道，月色里的情味，都是来自那些老故事啊。而念着过往的人，坐在月色里，其实早就把一片月，坐老了，也坐旧了。

　　情味，其实是在世一颗美好的心啊。
　　我曾想，也许，我还可以再活五十年，那我就可以再写五十篇雪。以纯真模样，以一颗有情味的心。
　　有如此一念，是因为在写《读美》十九期的主题《初雪》时，我正好错过初雪。我只起了一段，那天真的就飘起了雪。
　　可是因为生活俗事，根本无法静心写任何东西，就那样眼睁睁地错过初雪。一枝梅，还没被我写暖；一首诗，还没被我捧热啊。

　　也因为写了很多雪，突然又想，我还能写多少雪呢？

但是，将自己从苦闷中抽身出来，抛开一切，净了心，去感觉那初心的雪，生活百般，都淡了，唯剩下天地一白。

是的，美好下去，怀一颗有情味的心，我还可以再写五十篇雪。那是多么美的事啊。

细细想来，情味比情趣要深邃、老成。

情趣多是一时之念，一时之乐，情味则不然。如果情是一坛酒，情味自然是岁月陈酿；如果情是一堆颜料，情味又是简单的白，有时不需动笔，只留下空的位置，就有了味道。

它又比情怀，多了尘烟味。

情怀是一帆来去无古今，任向云天自在游；情味则是"挐一小舟，拥毳衣炉火，独往湖心亭看雪"。

如果说情怀是出尘的，情味则是入世的。它既出自尘，又超脱尘。有人评论丰子恺的画，是"乱世中的薰风，俗世中的清泉"，那么有情味的作品，原来才最脱俗。

我多想，一直做一个有情味的人。

我会在再朴素不过的生活里，日深一日，苍老而不苍凉，即便做一棵草，在最低处，也能收获阳光、雨露，收获天边飘来的云影，收获风传来的花信，或者收获一个远方来的脚印。不孤楚，不凄凉，我的身上，也许是一个诗人的脚印。

我愿把生活过得简朴有情味，像一个诗人，把每一个日子都走成一行诗；我会感谢窗前的鸟儿为我衔来一个美好的黎明，我会告诉一个黎明，有关夜晚的美好事物，比如一张月光帛上，一行写给美好的诗。

如此，即使往事旧了，眼睛老了，你只需安稳、从容，留一分情味在心，把生活过朴素，然后安排一首诗，与一个人，缓缓相逢，与岁月，慢慢沉香。

（二〇一五年十二月五日）

老在一本诗集里

三年前写了一首诗《等你来》，在诗中，我说我建了一座春天，心流清澈水，眼开明净花，只为等你来；画了一页江南，黛瓦青石巷，苏堤柳生烟，只为等你来；写了一方小园，竹篱围茅舍，风弦日月琴，只为等你来。

我觉得我心中有一个盛大的春天，不知如何去形容，所以，写时我用了量词"座"。我知道，可能有人不解，怎么可以这样形容。

在我心中，春天就是一座城啊，尘外的城，开花的城。这座城，不在尘世，在纸页上，在诗行里。所以，我对春天的热爱，足以在纸上在诗里建出一座春天来。

其实，我怎么能建一座春天，我怎么能画好一页江南，我甚至写不好一方小园，研不好一池墨。

可是就是这样喜悦。

在季节里，我能感受到流水流过我的身体，好花美好地开在我的眼里。春水破冰，绿鸟鸣叫，细花微草，在我人生的季节里开篇立春。

接着一朵两朵十万朵，我好似每天都走在花香里。走路时看到的，窗前翻书时闻到的，一发呆眉毛上开出来的，都是花。像有人突然打开一本春天的诗集似的，那么不可一世地开啊开。

你和我的茶盏，都空着。
十二月的大雪没来，冬天空着。
空不是无，是等待。

我知道，我的季节，不是一本诗集，我也不是一个诗人。

我的季节，是最寻常的日常，最朴素的素心。可我爱，我喜悦着春天，喜悦着每一个像春天一样的普通的诗人。

水流过世界，也一定流过我心的宅门，因为喜悦，我要自带一分清澈，每一点心意，才能顺水而下，去到某一个春天的城。

花开在枝头，也一定开在我的眼睛里，也是因为喜悦，我要自带一分明净，我的每一个眼神，才能娴静如初春的花，开得清，开到春天的城里。

我的季节，也许就这样，终于在某一天，被岁月装订成一本诗集。

这样一本诗集，就是一座春天的城。

我在的那一页江南里，黛瓦青石巷，苏堤柳生烟；我开了小园，竹篱围茅舍，清风自来花自开；风作了弦，日月作了琴，与我小风淡日里弹奏光阴的故事。

我研不好墨，但月光会来，好墨自会焕彩。笔尖下迟语的，素笺上细说的，每一缕风，每一片月光，都是你。

等你来，老在一本诗集里，岁岁年年花相悦。

（二〇一六年三月六日）

愿一生有所痴缠

杨丽萍的舞蹈美，一直觉得难用语言来描述。直到看了莫言的一段文字，才恍然警醒。

他说："杨丽萍在舞台上跳舞时，周身洋溢着妖气、仙气，唯独没有人气，所以她是无法模仿、无法超越的。"

难怪看杨丽萍的舞蹈时，感觉她的每一个动作，都妖冶得让人跌进去，仿佛跌进一个故事的深处。她一生痴缠舞蹈，痴如妖，缠如仙。

有人爱梅，已到痴缠。种梅，写梅，画梅，仿佛只有如此，人生才不虚此行。

把梅爱到痴缠的份儿上，就会懂得梅之大境大美，不在花，在枝，还得奇绝古貌。台湾作家刘墉也是个痴缠古梅的人，他曾说："梅若不出奇枝，不见峭拔，怎能称为梅。那百年古梅，树皮斑驳龟裂，且长满石绿色青苔，一副老态，可伸出的是如戟似剑的枝，又是铁划金钩，好比貌不惊人的武林高手，破袍底下，自有乾坤，不出手则已，一出就招招逼人，有插天之势。"

人生能得遇有妖气、仙气的舞蹈，得遇一枝古梅，都是至美赏心事，让人爱到痴缠。

见过痴缠一块布的人，挂于墙上，端端正正，每日相见。

那是一块粗糙的麻布，他在麻布一角用毛笔画了一张歪歪斜斜的桌子，桌上有一个酒壶。他是爱酒人，也是一个老裁缝。

我那时才上高中，去找他做一件衣服。他讲了很多我当时听不懂的事情。但现在想来，唯记得他说过，人生最终就是一块粗糙的布，缝不出一件华衣。

许多年以后，我也爱上一块布。一块本真的布，一块简单的布。摆于茶桌，铺于书柜，因为痴缠，所以我常看到布上有烟柳画桥，有朗月照花，有石上清泉，有大片大片的雪……

我最大的梦想是，在山间水塘旁搭建草屋数间，一二小亭，造小船三四，山脚种桃树，通向小亭的甬路上植好葡萄，再植一些枣树、樱花、老梅。

然后草屋设有书法、绘画、琴乐室，喜悦的人才来学，或周末，或假期，避世三五天。

水塘养鱼，种荷，小船最是开心手笔，取名舟屋。有人来垂钓，有人来船头小酌。

请淳朴的村里大妈，做野菜，烧老酒，也许会找一个古时书童模样的小伙计，划小船送菜肴酒水，舟屋里的人，吹着风，说些知心话。

或者就让我，这个老伙计，自己送。

闲时就晒太阳，翻一本老书，身边相识不相识的来者，都与我一样，在青山里，做着喜悦事，爱到痴缠。

爱到痴缠，如同一场雪染上梅枝，一窗月绣上布面，一页时光住进草屋。

我知道，我最美的时光，不是见到花开的时光；我最美的时光，是我对花草深深的痴缠。

我要把我痴缠的美好，一直这样写下去，写到不能写。

虽然最终仍有很多美好没有写完，却不会觉得遗憾，因为美好一直在,不在我的笔下,就在我看到的眼睛里、心尖上。

一直庆幸一生有所痴缠,愿为山水作序,为草木开扉页,为清风明月润笔,为美好的往事立章,为一个人走笔行文。

(二〇一六年一月一日)

一番欢喜一番痴

写过一篇文章《绣光阴》,收到读者的留言,说她想起自己也绣过一幅十字绣的山水画——

"虽比不得苏绣的精致雅韵,但一针一绣,几百万针啊,八十多种颜色,夏来冬往地绣了整整两年。最喜那红日升处,山峦劲松,也有小桥流水,芳菲野花,白鹤流云,更喜那山下人家白墙绿瓦红对联,屋前芭蕉映池塘,屋后桃花灼灼,现在想来依旧历历在目。原来我绣的是自己的梦啊,但愿用余生的时光去实现那个梦,做一回山里的神仙。"

很感动,人生能拥有如此一段光阴之绣,才不辜负美好。

虽然没亲眼看到,但我的心中仿佛已挂了这样一幅十字绣,瞬间为我打开了一幅山水画卷,我正在几百万针里走,在八十多种颜色中赏,欢喜着,痴而忘返。

对于一些人而言,光阴是柔软的。

即使生活再如何粗俗坚硬,他都能在光阴里,过着清风静水的生活,爱着一粥一汤,一花一草。

不是没有烦扰,没有困顿,更不是甘于庸常,不思前行。而是懂得与自己朴素相处,学会摘花酿酒,留月品茗。

我以香,以静,徐徐向你靠近。你只需以一分禅,一分喜,安稳喜乐。

酿的自然是光阴的酒，品的是光阴的茗。这样的光阴，与一个人相安于日常，温暖而踏实。

柔软的光阴，一定是因为欢喜，因为痴。
在这份柔软中，你相信，光阴能描一个人的眉眼——你细腻地爱着朴素的日常，眉眼便细长；你温暖地爱着花草与书页，眉眼便明媚。
你欲见一个人所有的过往，只需于他眼中，飘一片云，流一溪水，便能见他山光水色；挂一帘月，开一枝花，便能见他玉净花明。
原来，你也是光阴于他眉上，描好的一笔。

越来越喜欢那些简单而有深意的词语，比如"从前"，它是光阴开出的花，花期很短，所以需要我们更加珍惜当下。因为，当下，即是未来的"从前"。
也许将来很老很老了，摇不动我们的月亮船，摇不动彼此挥舞的手臂，但我们可以一起摇着摇椅回到"从前"。
即使岁月还一颗一颗地摇我们的牙齿，我们仍可以唇生香心荡神摇，看到那些人那些美好，依旧在我们眼前，带来地动山摇的回忆。
在深深的岁月里，翻看光阴之书，你是一枚小小的词语，一念起，一番欢喜一番痴。

那欢喜，那痴，是月的皎洁，是轻轻的梦，是眉间的明媚，发间的一支钗。
我知道，光阴是一件首饰盒，即使空了，多年后打开，还有一支月光玉钗。簪于发，素日淡颜，缀下细细流苏，是往事串珠。从此，素朴日子，眼中有清波流盼，心有姣花照水。

于光阴中,那些喜着痴着的人,是没有时间孤独、忧伤的。

时间都去医治岁月的伤口,去敲醒冰,去山径撒草籽,去准备春天的花事;去安排一树桃花的行程,为一个夜里抱花的人点灯;去和阳光聊一聊万物的美,去安排一个哭过的人和一页往事见面;去牵清风的手,去拾云的脚印;去遗忘恨,去永远爱着爱……

怀向阳心,草木照映,清如溪水,洁比雪白;怀向美心,看万物迷人,如住白云屋,傍水依山;怀向善心,能包容、肯原谅,开门见佛面,和气蔼然。自在人生,山高月小,水流花开,一番欢喜一番痴。

(二〇一六年一月二日)

与我说一段岁月闲话

无心地做一些事,去看一次夕阳,她住在诗歌葳蕤的地方;去看荷,在闲散的午后,或淅沥的雨中;去见一次白露,带一罐陈酿的歌谣,欢欢喜喜的调子;去赏雪,心中拨亮诗歌的炉火。

去做这些事情,岁月的记事本上,你的每一点喜悦,都被珍重记下。多年后再看,看见另一个你,与自己说着岁月闲话。

月光说一段闲话给窗户听,窗户说一段闲话给流云听。我在深深的岁月里,喜悦的,莫过于闲身听闲话。

草木说给季节的闲话,红一句,绿一句,总是清清朗朗。赶来听的风,坐在一边的石,远处人间的一壶茶,把时光过清亮的一个人,能到清逸高闲之境。

花枝说给节气的闲话,开一句,谢一句,总是清清淡淡。你来时,白李红桃设宴,吟一风醉一月。若凋落,也不过分流连,清心辞别,风都是甜的,那是说给你的话,你只需安心地听,心神缱绻。

也许我们是生活中寡言的人,却愿意与一场雪说些暖语,与窗前的风话话往事,与书中古人聊聊旧时月色。

而花香必会把一整个春天的花事说起,然后在光阴的信笺上落款;白云必会把一整个天空的情怀说起,然后在你要寄给远方的一首诗里走成最美的韵脚。

我愿意，走进菜园，提出一篮子果蔬闲话；路过石桥，随清风一起坐下听流水说书；抚摸一个记事本，手指上染满你的气息；遇见你，遇见你啊，从此，那些日，那些月，那些草木，那些烟雨，眷眷怀顾，有说不完的岁月闲话。

廖伟棠的《来生书》一诗中有一段：落叶沙沙，和我们说话，这就是远方春鸟鸣叫，就是水流过世界上的家宅，人走过旧梦和废诗、落日和断桥。

其间意象繁茂，意境幽深。是需要一颗内敛细腻的心才能听到落叶说话，才能孤美地于一片旧梦里，一首废诗中，或一轮落日下，一座断桥上，痴然地看着、听着、念着。

其实，看的听的，不过是内心的风光与痴语。整个人的身体，便成了这样一座家园，里面住着溪水、鸟鸣，住着往事，住着一段想说给你听的岁月。

以纯情的目光，以深情的眷恋，把每一个日常，过得自然寡欲，从容知足。

喜欢做些简朴的插花，小山桃眉眼纤长，紫菀腮颊绰约，白色丁香颈如新雪，每日在书架上，与我说着岁月闲话。

聊几句去年南山落梅的格律，或竹石旁流水说起的往事，又或者一场小雪经过青石巷，爱上了雕花的窗，再或者几个方块字在一本长卷里摆酒送友人。

一直聊到天黑了，花淡了，枝枯了，眼睛笑了。

花枝即使枯了，也不舍得扔，也不动它，就让它静在那里，像一枝往事，悠然地旧着。

春天还在一首诗词里赶路的季节，窗外飘雪，闲散地从书架上拿下几瓶枯枝，轻轻抽出枝条，细花的，便簌簌落，看着心一凉。也有一些，旧着，也依旧在枝上，留着旧颜色，只为与你守望人间四月又一春。

每年好花时节，都要邀几枝进屋。于花枝前，于芰荷旁，于微月下，于竹影里，看时光，素车白马相君归。多少往事，顺五月溪而下，有人木兰为舟，桂花为楫，去到百花深处。

我于风前，采一草一枝一花，插寻常瓶中，相伴相悦，与我说一段岁月闲话。

（二〇一六年一月十七日）

住进词牌里

几年来,有一个读者,常给我的文章配诗。其中有一首,她写道:你转身的时候,风很安静,我把眼睛放在白云上,把耳朵放在你的脚步上。梅花开的时候,心疼正放在火炉旁暖着。

她因为身体的缘故不能常上网,但每次来看我的文字,都会写一首诗来。我想,也许她正经历着生命的冬,所以才会把梅花放在火炉旁暖着;也许她懂得生命最需要的是诗歌的滋养,所以她在诗的结尾处才有如此深情的一笔:春天已走了多年,我的眉眼在时光中老了。当我打开门扉,一朵微笑,扫开月光,落下来。

第一次明白,原来对于洁净的微笑而言,月光也是多余的,把它们扫开,让笑皎洁地穿过尘埃,落在你的脚下。

我有时会想,她一定是一个住在词牌里的人。

生活也许并不需要诗词,但生命一定需要一点诗词来取暖。如此,才能于平常中见诗心,于细微处见初心。

诗人刘年说:"诗歌,是人间的药。人间存在着各种各样的病症,所以人类发明了诗歌。"

这是对诗爱到骨子里的人,才有的痴。他相信,世间所有的疾苦、磨难,诗歌都可以医治。

对于我们平常人来说,诗是寒夜里的炉火,给人温暖;是温柔的春风,给人清香。在世一颗诗心,一定是温柔心、慈悯心,有灵魂的香味。

我知道,不管是季节的,还是人生的,每一个冬都将越来越深,花渐渐地睡了,但岁月总会留一窗疏影暗香,即便生活百般千种折磨,依然要做一个温慈的人。

如此在洁净里,才能在花醒时节,携酒捧茶,为一株梨花洗妆。

每个人都有自己的词牌,它是一个人精神上的住所。

呵梅弄妆试巧,安暖于日常,你的词牌便是"天香";雨意云心,酒情花态,与风与月畅怀,与人与事闲话,你的词牌便是"倾杯";笑语盈盈暗香去,人间美好,唯留锦绣段,你的词牌便是"青玉案";多情杨柳依依,管他人生苦雨,能小山寻幽,偎红倚翠,你的词牌便是"一萼红";佳人环佩玉阑珊,岁月深处有喜悦,你的词牌便是"眼儿媚"。

我们住在自己的词牌里,把日子串成诗,清风明月吟诵。

住进词牌里,心好似被温润的一笔,写成一行,又一行,写成一首诗,一阕词,光阴润色,又被岁月装订成一本诗词雅集。

即使最终,岁月的诗词旧了,却依旧可以让一个人把生活爱得透亮。

我知道,岁月是一本旧书,只适合夜里翻翻。轻轻摩挲,缓缓打开,也许有一天,你会发现书页里夹着一片多年前的月光。

那时,你的心里终于住下一轮明月,像一首清凉的词,住进它的词牌里。

我知道,我与世界隔着距离。我与喧嚣隔着一缕清风的距离,与爱恨隔着一朵白云的距离,与功利隔着一片月色的距离。

那距离,是刚好到一个词牌的距离,是尘世回我的温慈的美。

(二〇一五年十二月三十一日)

我们都该有内在的天气

今天只读诗。

"开卷古人都在眼,闭门晴雨不关心。"抛了杂念,弃了欲望,只留清心、喜悦。清心与诗相约,喜悦走在诗行里。

唐朝的一只酒杯,李白倒了一盏花影,你说不醉不归。总有那么一次,读一首诗的时间,有人看你笑,醉在你的酒窝里。你的酒窝里,是他带来的,一生的好天气。

我相信,一首诗,就是我们内在的一种天气。

"草色新雨中,松声晚窗里",一分清幽,一分陶然,自成天气,然后做自己的隐逸之士,尽得闲适雅趣;"半壁山房待明月,一盏清茗酬知音",一杯一水,甘霞芳泽,也是一种天气,奉茶怀旧,娓娓叙话,人已到豁达之境。

今天只看花。

心中有荷的人,一池疏雨是诗意的天气;心中有梅的人,疏影暗香是气质的天气。看花,仿佛就是看自己的内在天气。十里荷花,三秋桂子,人生的好花天,自珍重,自怡悦。

每每看到那些喜欢花的人,种花插花,面容和悦宁谧,便心生感动和温暖。世间的那些纷纷扰扰,仿佛都被花香抹掉,只留着一脸的好天气。

做个喜欢看花的人,荷风送香气,流水空山有落霞,人生的天气预报会为你播报，天天是好花天。

今天只享受阳光。

去爬山，翻过七八座，最美的是下山时能遇到一个小山村，看到杏树下两老者坐小桌前，和蔼神色，推茶不语。

杏花开着，落着，老者全然不知。

依然记得第一次遇到这场景时的惊羡，久久坐于一边，忘了饥，忘了渴，早春尚冷，衣衫单薄，身上却披满阳光。

人生是清水做的镜面，有时该微笑相对，有时该学会寂静，寂不闻人语声，欢喜地做着赏心事。这些赏心事，也多是些不起眼的小事，比如养一些花，在阳台上开着花，花谢了就开满枝阳光。是的，心里花枝开出的最美的花，便是阳光。

有人坐在你内在的天气里，身上披着阳光，低眉含笑。

今天只怀念。

怀念往事，怀念青春，怀念你，怀念是一个人最美的季节。有些美，哪怕只那样看看，内心安详，面若桃花，就美得让人难言语。

就像在某出戏里，有好看的男子女子，就好。看他们在一幕戏里，春风十里，梨花带雨，那么用劲地爱，爱到白雪皑皑，仍红妆不改。也许，我们看的，是自己的某一场，永不褪色的青春啊。

终于还是走到了怀念的季节，青春在心里，便成了一个人内在的天气。有时风有时雨，风敲径竹，雨润窗花，总有相忆欢；有时晴有时雪，晴是他的微笑，雪是他的纯情，总有相惜情。

落笔款款，清风徐来。青春的笔记本里，开篇就写着某年某月某日，和一场与你有关的天气，美丽的天气。

我们都该有自己内在的天气。

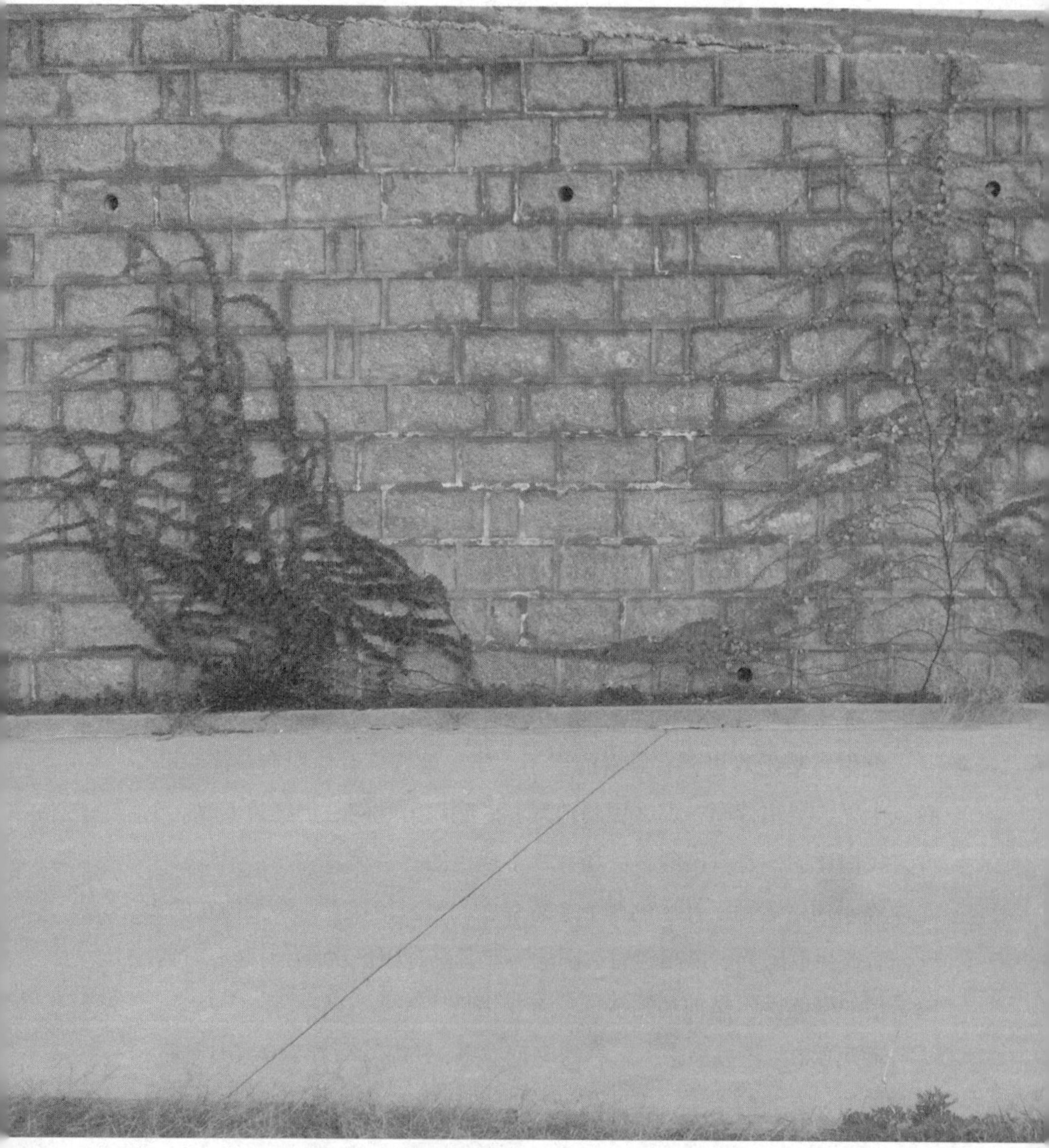

拍了一秋的爬藤，上百张照片，全是偶遇。这一处几年前也曾路过，但非今日面目，每年长成一种样子。今年它们爬成了两棵树，在世罕见。而且是两棵美好的树，相恋相依，旁生绿生生的一堆诗火。

人一生，真是"风刀霜剑严相逼；明媚鲜妍能几时"吗？不，即使岁月的风，摇落光阴的花朵，命运的霜，冻伤往事的唇语，我们都不能辜负一朵花向媚而开，不能辜负一片月光摇小船而来。

我们有自己的天气，请草木铺笺，请花香落笔，告诉你，心有美好，清风明月播报，内在天气，初心晴好。

我一生的内在天气，都被珍重记录。那一日，花影婆娑；那一年，风光旖旎；那一世，光阴柔软。不再畏惧，从容微笑。

在我的内心里，总有那么一场花事，一片风光，那么一个你，是一生的好天气。

（二〇一六年二月二十七日）

居闲意思长

去爬山，翻过七八座，最美的是下山时遇到一个小山村，看到杏树下两老者坐小桌前，和蔼神色，推茶不语。

杏花悄悄地开着，悄悄地落着，老者全然不知。

依然记得第一次遇到这场景时的惊羡，久久坐于一边，忘了饥，忘了渴，早春尚冷，衣衫单薄，身上却披满阳光。

也只有真正享受到山居之妙的人，才会领略到一片阳光的恩赐与美。

于是在尘世中，总不忘提醒自己，与人与事，有时该微笑相对，有时该学会寂静，寂不闻人语声，欢喜地做着赏心事。

这些赏心事，也多是些不起眼的小事，比如养一些花，在阳台上开着花，花谢了就开满枝阳光。是的，心里花枝开出的最美的花，便是阳光。

你仿佛能抚摸到光阴的暖，能闻到岁月的香，整个人在一团花色里，一片日光中，忘了时间，抛了烦忧，从容安闲，面带喜色。

所以每每去山中，我不再匆匆忙忙，而是拿出一整天的时间，去随心走，随处坐。看花在一边闲闲地开着，有风偶尔经过，像清凉的山泉，洗着蒙尘的时光。

找一点时间，能在山中居住是最好。

林深而幽，云远而静，山闲而空，心寂而自然。低处草，高处云，虫来叫，鸟来鸣。近听远闻，都是自在知音。

于花草石阶上攀，于云水闲屋里坐，人与山，远成影。今一日，明一日，山自白云风自来，窗自朗月水自响，风来缱绻，月来婵娟。

怎么能说世上没有神仙呢？那些坐雨安居的修禅者是，那些安享幽居的人也是。

以前曾记录过一次不小心睡在深林里的经历，那是我第一次对山林对草木有了痴念。

随后又在深夜，忽然闯进一个山脚小村，看到蔷薇篱笆围起一户草舍。草舍窗口亮着微弱的灯火，有人影偶尔走动。

听身边的人说，这间草舍只招待喜欢静的人。来时身无一物，住两三天，每天要负责为主人打理花草，悠闲地，自在地，不关心世间事。

那一时，月光很清很清，清得像溪水，又很静很静，静得似一块画布。那间草舍，就那么闲适安逸地落在画布上。

我就那么看着，看着看着，内在世界，寂静清妍。

那一刻，一百个朝代，一千年壮丽大殿，十万画屏绘满天上宫阙，都不及眼前一架篱落蔷花，一间月光草舍。

看一眼，仿佛我经历的所有时光，携来的所有往事，都轻了，薄了，一霎落在风中，滴进露里，响在弦上，只等明月彩云归，万事可休。

唐代诗人张籍有诗句"居闲意思长"，言简而意深。

也许山居之妙，就是不约花期，不邀明月，而心中有花闲开，有月闲来。

如此于尘世中，带着一颗山居的心，总会有百般千种好滋味、好意思。平平常常的光阴里，素心悠然，闲云搭屋，春色半间，草木成册，书卷一案。

我们的心中，也有这样一处幽居之地，安闲之地。

我们应该时常走回自己的内心，那里，日光摇窗，鸟雀鸣枝，野花藏路，清泉越石，风来篱落，月攀藤架，一盏淡茶，满山知音。

（二〇一六年四月十四日）

奉花晏笑

写了一篇《四月奉花帖》的日记,记录整个四月在外奔波仍不改看花初衷的每一日。

其中有"奉花晏笑"的句子,有几个读者来问我"奉花"的意思,说查了字典搜了百度,没有这样一个词,"晏笑"也不多见。

我最初是想用"捧着花"的姿态,表达对四月的情感。但觉得"捧"只是动作,少了"爱"与"敬";而"奉"字,恰恰好,既有"捧"之情,又有"敬"之意。

而"晏笑"自然是出自"言笑晏晏",一直很喜欢这个"晏"字,意为"温柔、和悦",人能有这样的微笑,是最美。

我想,人于世,与人,与事,与爱,有奉花之心,有晏笑之态,那么我们的人生何愁得不到山水清逸,云霞性情。

前一阵子总去一座荒山处的那条土路,偶尔会驶过一辆车,上下颠簸,碾过尘土,绝尘而去。

一老农,扛锄经过,扑了一身尘,也不拍打,转进旁边的桃林里劳作。那一刻,看他劳作的身影,忽然感觉,人生总有起伏,关键是内在安稳,很多事,不需强求,更不必怨愤。

那片桃林,开着一树树的花。累了,老农就站在一树花前。

那时我正好经过他的桃林,离他不远,我看到他面带微笑,安详而知足。

那一刹那,我觉得,每一朵桃花,仿佛都不是为春天开的,而是为这位老农开的。他不懂得任何一首诗的美，但他于花间劳作，于花前一站，桃花懂他，懂他敬奉之心，懂他和悦之笑，桃花便以诗的模样，与他相见。

古有奉茶礼仪，以茶表敬意，所以古人写茶话茶尊茶之心，已达圣洁之境。而与友人，相坐饮茶，面容上仿佛也是染着茶香，我便总觉得，最静美的笑，莫过于脸上飘过一朵茶花。

奉花之说不曾见，但是诗中有，画中有。

东篱之菊懂得，亭亭净植之莲懂得，驿外断桥边之梅亦懂得。陶渊明爱菊，所以菊几乎成了陶渊明的精神符号；周敦颐爱莲，莲便也成了我们内在世界里依依相伴的君子，出淤泥不染，濯清涟不妖；陆游写"一任群芳妒"的梅，梅花就千百年里一直开不落，开在我们的心里，香如故。

而古代那些画家笔下的花更是不胜枚举，清淡的枝条上有花，幽古的清供里有花，画下的，是花，也是爱，是心境，是性情，是美意。

如此，这爱，便是一颗敬奉之心无疑了。不论是水边，还是窗前，有花相伴，整个人生便香了几分，清了几分。

说到底，奉花晏笑，是内在的一种格局。

不一定养着多少花，不一定笑得多灿烂，但于日常里，见花时一个回眸，一丝浅浅的笑，心里就住下了一整个花园似的。

奉的是花，却又何尝不是自己的精神领地。也许是一池荷，也许是一树海棠，也许是一窗花影，于其间小坐，自在天地，心神悠然。

再想想苏轼的"只恐夜深花睡去，故烧高烛照红妆"，秦观的"碧桃天上栽和露，不是凡花数"，真是痴绝，让人满心欢喜，也便更深地懂得了，倾了心，才能眉开朗花，笑意明媚。

如此，行走间，便多了一个心愿，心里种花，在流年里奉花晏笑，心为君妍。

（二〇一六年五月十七日）

愿如一缕墨

我研过一次墨,为一位老先生。他赶着为家乡一位老友题一幅字。

足足有二十分钟,他一个人坐在窗前凝思不语,我将墨研好。墨色泛光,温润细腻,我想老先生可以神融笔畅,题一幅满意的好字。

让我感到诧异的是,他的字,一改往日的圆润精致,宣纸上墨迹稀疏,多了苍莽感。

他告诉我说:"那位老友曾说过,他是墨,我是水,他擅长枯笔,我精通浓墨,我们两个人应该中和一下。但每年我们互寄的作品,总是我学他,他学我。"

他已是古稀之年,身体不再硬朗,但他仍时时研墨写字,有时一写两三个小时。我好像一下子明白了,是水墨,为他铺了一条路,通向他的故乡他的知交——是见墨如晤啊。

这样的感情,让我动容。我也因此庆幸,为他研过一次墨。

历史上,伯牙绝弦、管鲍之交、刎颈之交的故事,动人肺腑;我想,友人之交,有太阳之热,霜雪之贞,寒梅之香,更该有水墨之况味。

友情之初如研墨之始,必得慢磨细研,不能急于求成。君子相见,如水墨相融,相互磨合,磨的是各自的脾性,更是各自的心怀。所以有人说研墨其实就是修心的过程,此话不假。君子相交,交的也必定是一颗心啊。

齐白石曾说过，恨不早生三百年，为青藤、八大磨墨展纸。在精神上，齐白石已将徐文长和八大山人看成良师，亦是益友。敬慕之心，在一方砚里，磨出的必是好墨。

友情之过程如墨之走笔。墨是会走会飞会香的灵魂。
怎么不是呢？看那些书法或绘画作品，每一笔里，或笔锋颖脱，气象纵横，让人顿时觉得如坐游大荒，神色浩渺，那是与一个灵魂相遇，将你带走；或大巧若拙，苍茫浑厚，仿佛置身于雅净高逸之地，无思无虑，在一幅画里与一个灵魂对坐，气韵天成。

我曾收集了许多明代陈白沙的诗作，归于一集。喜欢他的内在境界，一直也觉得他是一个绝对超拔洒然之人，不论其思想，书法，或诗章，都透出其内在真意，读来常有痛快之感。他提笔写给他的得意弟子李承箕的相忆诗，更是读来欢喜：

"去岁逢君笑一回，经年笑口不曾开；山中莫谓无人笑，不是真情懒放怀。"

二十八个字，一笔一画中，墨落到纸上，却也烙进彼此的心里。有人评说：可以想见他们师徒之间，"真有相视而莫逆者"，所以李承箕曾从湖北嘉鱼到新会，涉江浮海，水陆万重，四度去探谒白沙，这是何等的儒慕之情！

不能不让人艳羡啊。这种儒慕之情，已超出我们凡间的友情，是旷世之交，是笔墨之精神——饱满的挥毫，一笔一画见真情。

如此说来，君子之交，当如见墨，相惜相悦，超然世味。到最终，友人如墨，在岁月里沉香，越老越珍贵，是稀世珍宝，值得收藏一生。

想起简媜有文字说："我会尽力研墨，以文字与钟情之人取暖。"真好。我愿如一缕墨,在光阴的砚台上,与你磨心相见;在岁月的宣纸上,与你珍重而行。

(二〇一六年五月二十七日)

不辞为君弹

桨声摇醒灯影,灯影起身,披月色,看见有人船头抱琴。

我时常有这样的幻觉,江南水畔,几千年来,一直飘着琴声和迷离的灯影。有时在一首词里,恍然就听到琴声,幽凄,哀凉,而后就能看到抚琴人的背影,被月色洗到发白。

我总觉得,琴声必定是为一个人弹起的。琴,是为情而生的。男女间的情,一张琴,一拨响,再不需要任何话语。就像司马相如到卓王孙家做客,特意为主人之女卓文君选了一曲《凤求凰》,当琴声婉转,两心间早就情意连绵。

而琴为知己弹,更是清越悠扬,美妙动听。似山中流清溪,蜿蜒涓涓,似云间飞白鹤,高鸣不俗。所以当子期听伯牙抚琴,听到高山流水,"伯牙所念,子期必得之",是为知己。而当子期死,伯牙之痛,无以释怀,随即"擗琴绝弦,终身不复鼓琴"。伯牙是琴痴,学琴鼓琴故事动人心魄,而其琴音之美,更是让人遐想翩翩,"伯牙鼓琴,六马仰秣",天子的车驾之马,都被其琴声吸引,仰头欣赏。能说伯牙之琴不美,能说伯牙没有听者?不,伯牙需要的是知音。

自古至今,知己一人难求。

《红楼梦》中紫鹃对林黛玉说:"万两黄金容易得,知己一个也难求。"这样的感叹,古人隔着历史发了又发。"欲将心事付瑶琴,知音少,弦断有谁听",岳飞壮怀激烈,壮志难酬的悲痛,因这一句"知音少",愈发让人感到曲高和寡的凄凉;诗人杜甫在老友逝去后,也曾发"斯人不重见,将老失知音"的哀叹和感伤;《增广贤文》第三节中有句:"酒逢知己饮,诗向会人吟。相识满天下,知心能几人。"读来更是有深切体会,能知心,心心相印,酒才会畅饮不醉,诗才会长吟不歇。

正所谓:"恩德相结者,谓之知己;腹心相照者,谓之知心;声气相求者,谓之知音。"如此,才更是难求。

也是痴琴人的白居易却写过一首《废琴》,为什么要将琴废掉,今人有很多理解。其实简单来看,无不是因为"少知音",所以诗中一句"不辞为君弹",则多了深沉孤绝的况味。

世间的喧嚣太多,宽容与爱又太少,所以我们听不到另一个人心中的琴声。而只有真心感受到知音之妙的人,才能一生视其若珍宝,不辞为君弹。

元代朱德润的《松下鸣琴图》中的知音相坐,既有高雅之乐,又有清淡之美。三位高士坐在长松下,一人抚琴,另二人谈兴正浓,水中一渔翁正划舟归来。此情此景,不由得让人神往。

弹者自弹,谈者自谈,如此地恰到好处,悠然自在,所以渔翁友划一小舟,可能远道而来,只为了天旷气清之时,任身边木叶尽落,群雁低回,一定要与友人相聚,听琴饮茶。

由朋友而到知音,最需要的一定是这样的闲坐而谈,心中有妙人,更有妙音。

明代沈周的《虎丘送客图》:一人坐在崖石之上,独对清流,抚弄七弦。不是知音,怎会抚琴相送?琴音款款,深情弦弦,随流水而去,意境清远。

其实，行于世间，人最少不了的一个知音，还有自己。

非常喜欢白居易的一首七言绝句，名为《北窗三友》。其中有句"琴罢辄举酒，酒罢辄吟诗"。有评说，此诗是白居易孤独的写照。我不完全认同。琴、酒、诗，如此良友，虽有孤独之感，却是诗人豪迈之情的表达。人一生，能守得住内心的孤独，必懂得喜舍，也必定会拥有超脱悠然的境界。如鱼在水底，与云自在游。

以琴、酒、诗为友，又何尝不是与自己为友。我曾为此写下一句：琴友弹，酒友和，诗友咏；一个来自高山流水，一个来自明月花间，一个来自桃花三月。

想想，一个人抚琴，抚的是心弦啊。岁月的琴面上，光阴的纤手，捻花香为弦，捻月色为弦，捻白雪为弦，弦弦弹弹，自得其乐，自在逍遥。

当下，交心之时，也许无琴可弹，但仍有心曲淙淙的人，是因为他们心中备了琴一张。为知己而弹，弹高山，弹流水，弹清风，弹月色；也弹喜悦，弹情谊，弹光阴。

一友有诗句"信中寄来琴声半把"，那么美，那么让人痴想。自从读到后，每对远方的朋友有所挂念时，光阴的笺上，总是听到琴声如诉。我想，我可以以文字为琴，以怀想为琴，不辞为君弹，因为我相信，总有一个人，像一帘花影，像一片月色，与我以琴相会。

（二〇一六年六月十日）

自若

随一条山径，花迎鸟语，云送风清，走得优游自若；随一首诗词，温软细腻，婉转流丽，美得怡然自若；随一颗喜悦心，优游自在，清净明了，活得晏然自若。

求得这样的境界不易，因为人一生，难的便是"自若"两个字。

见过自若的人，其眼中仿佛有清流，衣上有花香，举止端雅，笑意安然。就连穿的衣服，也是相配得体。就像在某些古装剧里曾看到的乡间女子，身无华衣，哪怕只几个镜头，却让人过目不忘。

我相信，即使钗荆裙布，却不失本真，一派自若颜色，这样的女子，无须粉脂弄色，却身随蛱蝶。

自若多好。

自若是心境上的一条小径，走的人，沿途能相逢所有的美好，成为你喜悦同路的知己；自若也是心上的一间屋，住着花枝与明月，也住着往事与诗，你于其间或坐或卧，得一份从容，一份知足。

为人自若，心便如山溪蜿蜒，穿花绕树，清亮喜人；处事自若，人生便如清风徐来，递香送爽，舒适宜人。

两个人之间的自若，最曼妙。

像蜜，一起开花，一起蝶舞蜂喧；也像一段慵懒光阴，不用做什么，单单腻在一起，逛几个小店，吃一点小吃；更像一杯茶，能彼此相知相交，静默而不相离。

一天夜里，好友在网上发一首小诗来：莫道纷扰多，独爱田园乐。渴饮幽溪水，醉卧斜阳坡。

原来他和几位诗友正在讨论一人作的诗，主要集中在"醉卧"二字上。

有人提议将"卧"改为"倚"，说"醉卧"，那就是一副酒鬼的模样；"醉倚"则类似于酒仙，有点小风骨。而且"倚"更矜持，比"卧"优雅。

我倒觉得"卧"更传神。醉了就是醉了，身醉心醉都是醉，"卧"便更显自在、随意，更符合整诗的意境——这才是田园，这才是人到田园后的放松与惬意，放下一切，人山共卧。

花自若，开的与其说是花，不如说是光阴；茶自若，杯盏里盛的，一定是曼妙的禅意。

看花喝茶的人，因自若，才看得见光阴的故事，闻得出禅之香。"青青翠竹无非般若，郁郁黄花皆是妙谛"，这就是自若啊。

所以日常中，走走路，不再急于到达；翻翻书，不再有功利；见见老友，不再带世俗。只是那样自若地看路上花树，读几句书中古诗，与老友续一杯茶……

人能自若，心神逍遥。出门便是桃花流水，白云深山；归来即是一方明几、一书旧卷。

心中要有那么一个地方，或是山水画卷，你的足音是深邃的墨，点染一点青，一点白；或是远方和诗，你明明到不了，却仿佛去了又去。

心中总该有这么一个地方，你来去自若。那里——溪响松声，清听自远；竹冠兰佩，物色俱闲。

（二〇一六年二月十五日）

活成月白风清

寂静

寂静太难。

写了太多"静",写了自己太多掏心的话,其实依然难让人明白这份静的可贵。不牵不扯,不负不罪,像无情的西风浩荡,但西风浩荡开秋色。

舍欲念,弃焦躁,抛繁华,丢名利,高静下,耳听风,目染花香,相安于日常。这样最好。

这样就是寂静下来了,像一阵风落于你身旁的座位,像一片云,落于你月色婵娟的桌上,像一个人,只想寂静,与他(她)相守一生。

再无他求!像一个字,站在你身旁;像一点墨,足足写下一千年的盟约。

我想,这是人一生最美好的、欢喜的,寂静。

寡念

无欲无求,无缚无系,天心鸥鸟,池亭青莲。

对名利无多欲,对金钱无多求,人便得自在得天心;对命运无多缚,对俗事无多系,人便洒脱如鸥鸟。人生最终修得一池一亭,自有青莲悠悠地开。

人能做到寡念不易。不流于俗,不困于情;不争于世,不闹于己;不欲于念,不贪于心。人生寡念,只修好这一课,便可得坦然安稳。

寡念自会生清心。一直恨不得,就这样寡念立世,无染无绊,修得一颗清心。最终把爱过的方框字,组成一行大雁,飞回往事的故乡去,然后我在他乡月下,蔼然回首,身是百年身,心是百年心。

却仍能,与花低首相见,与日常低朗相欢,与一人,清心相惜,眉宇带着喜气。

孤独

一朵云,孤独了,它还是一朵云。

人却不同,人一孤独,容易走失一条路,容易迷失一颗心。

孤独点挺好,生命因此便会多那么一点孤绝之美。以前所有的孤独,只是为了紧闭心门不让那些人进来;以前所有的孤独,又是只留给一个人的入口,总有一天这个人会千山万水地走进来。

能守住孤独的人,一定是云在肩头;敢于守着孤独的人,一定是住在云端。这并非是不食人间烟火的浪漫。相反,孤独就是生于烟火气里,它躲避俗围的刀光剑影,挥袖纠葛的腥风血雨,逃离欲念的千军万马,也背身时光的铁马冰河,披孤独的衣,走孤独的路,任雨一下一千年,雪一落一千年。

也终会遇到一个同样孤独的人,也终会明白,孤独是遗世的浪漫。

信件

人一生,就是一封信件。大多人的信,收件人地址不详。

信念可以为笔,梦想可以为笔,美好可以为笔,爱可以为笔。收件人也许是未来,也许是美好,也许是一个一生心爱至老的人。

我也在写一封信,以美好作笔,以美好为问候语,更以美好落款。我是相信,美好总会遇见美好的。

这样的信里,我要的是大爱。天地间大爱之珍贵,不在于大,在于心存着万物,存下一点一滴的美好。

于己,种下的是善因;于世界于他人,授之是善果。如此就是自己与整个世界的一份良缘。

我知道,美好的你,自然懂,自然也会收到。

一颗心

一直在写作,写了太多年了。

一颗心,与世隔着千年屏障似的,我决绝过,我孤独过;历岁月风霜亦自然如草稞子,收着露水与朝阳,青了黄,黄了青。但是,又与世,又仅隔着一缕薄薄的月光,不离弃也不过分靠近,看到美好,在眼前。

我是要把一颗心,活成月白风清,才觉得生之欢喜。

一颗心啊,是万物生,是百花深处,是华枝春满,天心月圆啊。我是执念不舍,不写尽心中的美好不肯休,不用尽手头的光阴不罢休。

这是我一颗心的奢求。我拿什么来奢求呢?一点点的朴素,加一点点的清澈,加一点点的看万物美好的愿,够不够?

(二〇一七年八月二日)

第二辑

美好
会遇见美好

我是那么坚信,美好会遇见美好。
比如一朵花遇见春天,
比如深夜街上的你遇见一场小雪,
比如一封在心笺上写了多年的信遇见一个让你倾心的地址。
比如小桥遇见流水,江南遇见烟雨,我遇见你。

退到一卷书里

在喧嚣的街头看到抱一本书走过的人,面容恬静,走得从容,用"步步生莲"来形容一点也不为过。那一刻,顿时觉得,眼里一池清水开出一枝菡萏。

恍然又觉得,我也曾抱一本书,从春天的第一章里,走进一条草径,遇到一扇柴门。清风叩门,花香奉茶,在那里遇到读书的人。

感谢这个世界上的爱书人,让我的灵魂闻到香,让我的灵魂更接近一朵莲。

清代袁枚笔下记载过一个叫黄子云的平民百姓,此人酷爱读书,善作诗。他曾于城外建一草屋,与其父终夜读书。有客人来赞叹其父子好学,黄子云说:"其实不然,我们父子只有一被,客来,便给客用,我们夜里没法睡,只好整夜读书。"

品味一下黄子云所言,觉得他非常可爱。或许他是不想过于张扬,才退一步借无奈来掩饰。不过想想,能如此"终夜读书"的人,在今天恐怕很难找到几个。所以,我觉得他是能安隐于书中的人。或者说,他能从俗世中抽身而退,于一卷书里,得清凉世界。

有事例为证:有某中丞欲见,黄子云不愿意,便题了一联:空谷衣冠非易觐,野人门巷不轻开。虽有清高之嫌,但也有隐士之范。我坚持认为,他的确是一位隐士,退到书中的隐士。

我们好像都在忙着赶路，忙着你争我抢，却少有人，能停下来，更难有人能退一步，退到一卷书里。

木心先生的《从前慢》被多少人追捧，那一句"从前的日色变得慢／车，马，邮件都慢／一生只够爱一个人"又打动了多少人的心。真正能做到的人，必是懂得"退"的精髓。从前在哪儿？不仅仅在回不去的过去，从前就在往后退一步的地方，并不遥远。

看过一个题为《读书的人》的摄影作品展。展出的一百多幅作品中，那些读书的人，不论是在图书馆、候车厅，还是在草地、林间，无不目光柔和。摄影师说过，这些美丽的人，让他慢下来，让他退到了他自己的圣地里。

想起那天看到一句话："每个时代都有出逃者。他们或住在过去研磨旧时光，或先知先觉与当下格格不入。"

原本是羡慕古人能隐退于自在世界里，一卷书里，为当下少了一个又一个读书人而心痛。却原来，确确实实，每个时代，都会有自己时代的隐退者。有些退，是美妙的出逃啊。退掉"纷扰"派"熙熙攘攘"送来的门票，退掉"争吵"派"计较"送来的宣战书，退掉"功名"派"利禄"送来的邀请函……

就那样心安地逃走，退到一卷书里。退到一卷书里，才能悠然地看云听雨赏雪，才能见到小桥下的流水，青瓦上的明月，都似故知；才能领会到一庭一院、一花一月、一茗一香的安稳与从容，才能看得到"迎面而来的微风像你说话的样子"。

退到一卷书里，让人生拥有那么一段段小光阴，是暖的，是温柔的；让生活于琐碎中依然多情而美好，不忘留一分真，守一分闲；让生命散发幽香，长出兰，长出莲。

（二〇一六年四月十一日）

坐夏

立夏过后,该在心里备好素斋一间,花影一帘,茶盏一套。

也许可以去喧嚣,去焦灼,去杂念。人的身体里也有山水草木,性情乐天达观者,不为世事所苦,草常绿,花常开;性情清绝朴澹者,不为凡心所困,山孤清,水澹碧。

这时,好风怡心,明月娟妍,一一成了座上客。

整个人,也就坐在夏的清凉处。

常怀"坐夏"心,无事坐闲,试茶,展卷,听风,看月,幽清而居,清凉自在。

坐夏,是佛教语。僧人于夏季三个月中安居不出,坐禅静修,称"坐夏"。因正当雨季,亦称"坐雨安居"。

白居易《行香归》有句"出作行香客,归如坐夏僧",这是一番修为,一种境界。早已不念来路,亦不惧去路,行在哪儿,都能随心随喜,如行花香小径。再归来,"床前双草屦,檐下一纱灯",该安然,该寂静。

素心一宅,云来卧,风来坐,花影上墙,闲书落墨香。

曾无意看到瞿秋白在《饿乡纪程》中有一句话:"虽有豆棚瓜架草虫的天籁,晓风残月诗人的新意,怡悦我的性情……现在都成一梦了。"

我们常羡慕别人清凉的生活,却常把自己的日子熬成热汤;我们常懊恼光阴无趣,却于无趣的光阴里不自醒。

仿佛所有向往的生活，都是梦，是远方，是梦不到的梦，是永远到不了的远方。却不明白，在焦灼如夏般的人生里，怀一颗坐夏心，其实就是坐在一首诗里。在一首诗里，没有做不了的梦，没有去不了的远方。

一直喜欢《诗品》里的一句"采采流水，蓬蓬远春"。是啊，听到流水的声音，即使春天还远着，但早已蓬蓬于心。

翻看朋友给我送来的九几年的杂志，看到一句"我的村庄，杂树生花，莺飞草长"，那么简单的句子，一时在窗前，感觉整个夏天，都为我铺成阴凉小路，只是为了引我去村庄。

一个村庄，最懂得坐夏。它不是僧人，不是禅者，但它懂得坐于贫瘠依然开满花树，它懂得远离喧嚣而生明月清风。

所以美的小村，是能让人坐下来的。与一朵花，与一片云，与一条小溪，安然而坐。

或者，去寻荷塘坐，荷风送香，整个村庄都在这香里；去寻月下坐，月色披了一身，整个的人生仿佛在那一刻都清凉了几分；去寻小亭坐，有雨就滴答而念，无风心下清言几句，说给小村的光阴听。

（二〇一六年六月十八日）

空之美

在海边拍过两张照片。

一张是 2009 年秋天拍于环海路远遥村,那时远遥码头还没建成,空荡荡的,我所站的位置,可以远远眺望着。身边不远处泊着三只小船,安静得像一幅油画。

看到这样的画面,脑子里立马有一幅构图:远方的港湾还没有建成,虽然空着,但小舟系在岸边,等待出发,充满诗意。

另一张是今年立夏过后在国际浴场东北角拍的,用手机远远拍的,不清晰。

但我相信,如果你站在那一角,远远地看到那个悬崖边废弃的宽阔的平台上,有一把椅子,孤零零地在海风中,像被往事丢在那里,你一定会在脑海里突然闪过非常清晰的画面——

某个镜头,某个人,虽然模糊,但就是那么温柔而清晰地出现在你的脑海里。

也许码头还空着,椅子空着,人走了,但往事还在;也许又是悄悄地等待,不论风从哪个方向吹来,不管潮起潮落,依然留着一个位置,等待,守候。

这是一种慈悲。

怎样的遇见，如果没有一场慈悲的导航，即使风平浪静，也终会错过；怎样的错过，因为慈悲的桨，即使大风大浪，也终能遇见。

所以，就让那把椅子，悄悄地，悄悄地，那样空着。风会来坐一坐，远方的被你挂念的消息会来坐一坐，往事会来坐一坐。

看过一个从事书店工作的人写的苏州诚品书店，赏美之余，让我欣喜的是，作者提到，最值得一提的是整个书店卖场对面，是一个超大的展厅，里面是蔡国强的《昼夜》展，非常震撼。

作者由衷地感叹：有情怀的书店就一定得有一个空间来布展，书架和人都太拥挤了，该有一个空荡荡的展厅，叫人也空一空。

叫人也空一空！读到这一句，心里像一下子流进一股清泉，洗了洗尘心，滤了滤杂念，就那样感觉整个人清了、明了、净了。

空，是佛之大境界。对于我们凡人来说，悟不透彻。

但在日常中，我们时常会享受到空之美。享受一幅留白的画作，美到惊艳；读一句意犹未尽的诗，看似不着笔墨，却让人回味无穷。

因要朗诵我的某篇文章，其中有一句"寻回当年我们落下的脚印"让朗诵者对"落"的读音拿捏不准，便来问我。

人一生，有些美丽的脚印，是被我们忘了丢了，落（là）在往事里，找不到了。但我这里指的是脚印像落花一样地落（luò）下来，很轻的感觉。

因为年少时走一条巷子，两个人，常会轻轻再轻轻，所以脚印就像缓缓地落下来。

脚印怎么能像一朵落花一样地落下来呢？可是那么空的小巷，时光静谧，两个心有喜悦的人走过去，就是走过花开般的光阴，每一步，都

秋天的农家小院，主人去菜园忙碌了。
明亮的诗人撒了一地阳光，看家护院。
听说时间是个贼，岁月是个神偷。

会成为过去，是落花，是回忆时无限惆怅的美。

我一直认为，对一个人最美的回忆，不是念念不忘，而是岁月风静，整个人，整个人生，宛如空谷幽兰。

渐渐地，我们终会懂得，让心空一空，眼睛才更清澈，看得见花明玉净的美好；让心空一空，才不会在尘世里变得更复杂，不会被过多束缚，才能对人对事，简单一点，快乐一点；让心空一空，落一瓣花，流一溪水，飘一朵云，系一条小舟，放一把椅子，迎来一个人一串串温柔如花香的脚印。

（二○一六年六月二十五日）

从君老烟水

有那么一个人，春时如桃，夏时如荷，秋时如菊，冬时如梅，已不记得自己，唯与你相伴。

若遇这样一人，我必将也忘记自己——"身世如两忘，从君老烟水。"

李白的这句诗中，有一个苏秀才。可考的史料已不多，但对于那么热爱自然的李白而言，却愿意身世两忘，跟随苏秀才在大自然中终老一生，是如此让人艳羡。

李白作诗《金门答苏秀才》，而孟浩然也有诗《闲园怀苏子》，从诗中可看出这苏秀才是真正的隐士，如此才让两位大诗人深深垂青。

从君老烟水，愿终老一生，遇到这个人，该是怎样的修为？

非常想知道，苏秀才更多的故事。但，他是隐士，隐于自己的一朝一代，也隐于传世的历史中。

也许，这正是他之所愿。

想想，就与你这样老去。烟水渺茫，庐舍遮映，看桃李自春；流水落花，又见雨肥梅子，风老莺雏；或桐花锁雨，片月衔山；再望含雪窗外，与一人一书相老，有空白之妙。

能老在雪白红梅处，也能老在梅英疏淡时；能老于细风吹柳下，也能老于竹槛灯窗里。那样的老，是不记年的，像一片晨光，打开烟水长卷；像一片月色，静于草木书简。

别有天地非人间，不知斯年是何世。不再对尘世耿耿于怀，且把愁啊苦啊放养山川，都随风随云而去，只与彼此，见好花清妍地开，好月悠然地来。

　　一生的好烟水，仿佛都煮了茶，酿了酒，与你对饮对酌，坐老光阴；都写进了千章草木，万幅画卷，与你相知相悦，相从往事，随书页一起泛黄。

（二〇一五年十二月十七日）

痴绝江南忘尘处

我总愿把一朵花想成一次芬芳的旅行,从一粒干净的梦出发,去往一座春天的城。所以我一直在努力做一个温暖浪漫的诗人,这样,我就会与一朵花,在途中相遇。

为此,我常常在窗前痴痴地出发,坐花香,坐一页纸,在墨里来去,在月光一样的圣洁里来去。染上一点青的,是你等的烟雨;染上一点绿的,是我去的江南。

去江南,自然要住在古镇。小桥弹流水,石阶响足音,青瓦生明月,轩窗留客人。走在石板路上,身边是陌生却有着美好微笑的人与我擦肩,感觉那么美。

虽然一生再无缘,但因为彼此走过同一条石板路,时光会温柔地将彼此的足音开成花,开在江南那一条条巷子里。

如果旅行,我会选择去深山或古镇。去深山,适合幽居,适合放空自己;去古镇,适合漫走,适合找到自己。

江南是多少人的梦。

正是因此,便有人感叹,如今到哪里去找江南,到哪里去寻画船听雨眠,到哪里能看见当垆卖酒的女子皓腕如霜雪,更别说看得见"翠竹碧松,高僧对弈;苍苔红叶,童子煎茶"。

可是,满眼清风明月,满耳水声桨声,青石板上映着一个人的影,一扇木窗雕着花，桌上一杯清亮的茶，我的江南，一直美若往事。

往事之所以美，不是因为往事的每一幕都如蓬蓬之春，红红紫紫；相反，留在记忆深处的，可能不过是一缕香，一枝花。

而走回往事的路又在哪里？找不到，但你的喜悦知道，也许在池荷之东，柳桥之西；或竹屋之北，水巷之南。

所以，每去古镇，一泓清碧，就能让我顿时感觉，此生不曾来过，前世一定幽居于此。

如此，再回到自己的世界，总感觉手指上有溪水，眼睛里有清风，写出的字，也染着绿，透着香。

我知道，我走过的每一条小巷，每一块青石，都染上了花香，我看见我在唐、在宋，画面模糊却有着痴绝的美。

去乌镇，走在那些旧的街道，两侧房子也旧，甚至可见烟熏过的旧迹，不复美丽。

但是水上有桥，水面有乌篷船，青石铺路，小巷蜿蜒，再看那黛瓦朱门，白墙青砖，你仿佛走在旧时光里。

当你流连于"水阁"时，你便能清晰地看到自己的影子，那是你于尘世里不曾见到的，自己的模样。

走进同里，每一个人都如同走在一幅水乡风情画中。

河边民宅，青石小巷，白墙黑瓦，古色古香。乌篷船在迂回的河道上划行，凝神间，仿佛周围一切都静了下来，静成一张古朴的画布，乌篷船似一支修长的笔，游走在那个发呆人的眼里。

有人喜欢同里的小桥，喜欢古树蔽日；有人喜欢同里的青石路，喜欢光阴打磨的痕迹；有人喜欢同里的里弄，喜欢那弯曲有致的韵味……

我有一个朋友，第二次去同里，竟然只是为了去看酒旗。她住在同里五天，做得最多的事就是发呆，坐一处，看酒旗飘扬，她说，前世她在这里爱上一个喝一碗酒便急匆匆赶路的男人。

如此痴绝的一个人！多年后，她比以前的自己更开朗、更安静，再提到此事，她说："我找到他了！"

西塘一直未去。多年前的初春，收拾好行囊，一本书，一个水杯，几件简单衣物，准备出发。

第二天一早，竟落了一场薄薄的雪。初春的雪，很轻，很细。好像某场往事，轻得怕惊扰我的行程，又似细语，说着什么。

突然就有些不舍离开这一场春雪，犹豫着，还是放弃了行程。

想想，那时我的身体里太缺一场烟雨了。

那时候，西塘并没有现在这样的名气，我是在看了一组有关西塘的摄影作品后，决定要去西塘的。确切说，是被摄影师心中的气质迷住了，他是一个真正的诗人。

其中有一幅配字道：我去西塘的那个傍晚，天正下着雨，雨中的石板巷子里，一位卖馄饨的老人缓缓而行，于是，西塘向我走来。

我一直将他的摄影作品留到现在，留了十年多。总感觉，他前世一定是位诗人，要不怎么写得出这样痴绝的诗句来。

当看着照片上那个卖馄饨的老人，挑着担子，从窄而湿的青石巷子走来，我整个的身体，仿佛被西塘填满。

对如今的自己而言，去或未去，西塘都住在我的身体里。我的身体里，有青石巷，有一场烟雨。这才是我。

痴绝江南忘尘处，此生前缘终不负。在这里，你能找到一封信的地址，能找到一首诗的韵脚，能找到想坐下来静静喝茶的一盏杯。

我们都有一座精神上的古镇。你来走一遭，才能抛开一切尘事，一切烦扰，静静地走进一个人的心里。

这何尝不是一场旅行，你如一朵花的盛开，为一个人，为一段光阴，打开芬芳的行程，然后与另一朵花，在途中相遇。

是的，去一座古镇，也许就是为了遇见你，你明明不在，风篁类长笛，流水当鸣琴，老房子里有你的影，旧物件上有你的眼神，小桥上走的是你，流水里飘着的歌声里是你——找到了你，我才是完整的我啊。

痴绝江南忘尘处，为一个你，把宣纸铺了又铺，铺成等你的青石路；把一团墨，磨了又磨，磨到此生相厮磨。

（二〇一六年七月三十一日）

一朵花和另一朵花在一起

想你的时候，云掉了一朵。

想你的时候，花开了一朵。

这世间，最浪漫的事，都是简单的。比如下雨的巷子，走过一把油纸伞；比如书页里，夹着多年前的一片花瓣；比如一朵花，和另一朵花在一起。

初春的时候，去一个正在改造中的写生基地拍枯了一冬的爬山虎枝条。一墙一墙的灰黄细藤，是光阴的印记，那么让我着迷。我知道，那绿意，很快就会在墙上铺染清凉。

在拐过那个窄窄的墙角时，意外地看到头顶墙缝里有两株叶瘦而微绿的野花，虽然还未开，但能看到它们擎着两枝花苞，在一片阳光里，相依相偎。那一刻，我仿佛能听到它们快乐的细语声。

人生中的相遇也许难有不早不晚的恰好，但心中有快乐，有喜悦，便如此笃信，花开之初，花谢之终，都能惊喜相遇。

有些浪漫就是这样的简单，像一朵花和另一朵花在一起。

喜欢作家朋友陆苏的诗文，或许因为我们骨子里都有一个小村。

她的小村，春天会站在每一个路口，每一个门口，迎接远道而来的花朵。这样的小村，适合想念一个人，因为"每一天，每一棵树，每一茎草，都在绿一些，美一些，好一些"。这样的想念，就像"一朵花想和另一朵花在一起"。

那天中午倚在床头看她的书,很舒服。然后轻轻放在一边,午睡了一个小时。

醒后提笔乱写小诗一首相赠:谢你的诗情,写出了一个小村;谢你的小村,养出一个你;谢一个你,让小村有草有花,让你的文字有诗有情。

有闲时最爱做的事,莫过于走山路,进山村。

我把一朵花、一片云,装进行囊,简简单单地,就这样出发,去小村。

在我们的小村里,你喜欢一个人,就顺着她名字的笔画,走啊走,一笔里有花香,一笔里有水声;你喜欢一扇窗,就可以在窗前痴痴地发呆;你喜欢一朵花,就可以低下身变成另一朵,和它在一起。

这是我想用一生去痴迷的浪漫。

我们的心中,都该有一朵花和另一朵花在一起,一路走来,你伴我月白风清,我共你花朝雪夕。

一朵花和另一朵花在一起,任岁月的风,光阴的霜,浅了颜色,淡了香气,就那样心无尘埃,清喜相守。即使大雪封山,来年春天,还要约在枝上相见。

我相信,只要拿出快乐,拿出喜悦,拿出浪漫,与远方的你,总能享一处坐花醉月地。慢慢地,让生活的悲与苦,心里酿酒,苦中总有芬芳,悲伤总会含泪成珠。

这样的人,不管外在风霜,内心总有一朵花与另一朵花在一起。

我知道,就是那一点一点的浪漫,让生命清澈一点,温暖一点,多情一点,美好一点。

在岁月深处，它甚至可以让一个人的面相，变得温良细腻，也会让一个人心底长出善，长出美好，对人对万物，都不失礼仪端庄。

一想到一生中能浪漫地与一朵花、一本书、一个人，倾心相遇，我的心就直往柔软里去。为此，我愿在这柔软里，爱上沿途所有的美。

（二〇一六年八月四日）

目光牵着目光

她的目光是我的月色。

那时候还写小说，有一篇的开篇写下了这样一句，我是想写一场古典式的爱情。

她是一个孤单的女子，至少在很多人眼里，她是那么孤单。她绣花，针法细腻，雅艳相宜，精巧绝伦，眼睛随着一针一线穿梭，一定用的是岁月的针，光阴的线，所以她才能目光柔和，如月皎洁。

也许是小春微动花柳时节，晴日薄，直绣得花好月圆。想那翠羽帘垂，三千粉色，花明如绣，这样的女子，目光如月色，牵动一个人的心。

有人孤单，会迷失自己；有人孤单，会找到自己。

她显然是在绣花的孤单里找到自己的女子，所以她才能"绣被花堪摘，罗绷色欲妍"。迷失自己的人，怎么会绣得如此栩栩如生。

正是因此，我被她的目光吸引来了，她专注地绣，我轻轻地靠近，如靠近一片月色。在我心里，她不是凡间人，要不她怎么能"鸟睡花林绣羽香"，让人痴迷。

小说的结尾，我是这样安排的：等我靠近，才知道她是一个盲人。

不知为什么，我更加迷恋她的目光，所以我为她写了一首诗，有一句是，原来她一直是用月色在绣。

她被我的诗感动了，问我怎么找到她的，我回答说：你的目光牵着我的目光，所以我来了。

我喜欢看一个人的目光。

有的目光，是忧伤的。一眼看去，便被牵走了。犹如看到花开的清喜，却又透着淡的忧伤，像一堆杂乱生活里一叠一叠的花影，有些孤美，有些伤感，让人怜爱。

有的目光，是一条小路。牵着你的目光，曲折蜿蜒，一路水草清香，云深径僻，不闻人语声。但是你走的每一步，又仿佛走在他的心跳上。

有的目光甚至是清亮的一段光阴。你在他的目光里，好似过了小半生，他的目光因此便成了你的世界。从此，那目光，便是晨的光，是夜的念，缠缠绕绕，无处不在。

一个人的目光，对另一个人来说，一定是前世留在今生的线索。所以目光相牵的刹那，心怦然一动，你知道，就是他了。

许冬林在一篇文章里形容美人的目光，像一根柔软的丝线，拉一拉，一颗浮在白云深处的薄薄的心，便妥帖地落下来了，蝴蝶一样敛翅在牡丹花端。

有这样美的遐思，一定是被美的目光牵过，那样一根丝线，是多么柔软的情思啊。

相恋的人，一牵手，只是轻轻的，轻轻的一牵，仿佛就牵起了天涯，有惊天动地的美。但我更喜欢目光相牵——

初见时，四目相对，两情相悦，一心一意；即使不得见，"明朝匹马相思处，如隔千山与万水"，目光仍可翻山越岭，在春天的一个路口，一个路口的一棵花树上，在一首寂静的诗词里，诗词里的某一句上，欢喜相牵。

目光牵着目光,像清风牵着花香,流水牵着小舟,一缕墨牵着一封信,一个地址牵着一页往事,那么美,那么动人心魄。

所以,我一直有个愿望:我想从一缕阳光里出发,与你相逢,走到满天星光,目光牵着目光,我们不说话,只带着月光,一起散散步。

(二〇一六年九月四日)

我心素已闲，山头种白云

我心素已闲，山头种白云。

直到如今我也不知道，我有没有资格说这句十年前写下的话。这句话，前一句是王维的境界，后一句是我对自己的希冀。

我独坐王维的幽篁里，虽无琴可弹，但风为弦，日月为琴，心里种着花木，且修起禅房，总觉得光阴在其中弹了一曲又一曲；我将心从热闹处闲下来，所以，我看见了王维诗中的清风落座，白云入画。

言入黄花川，每逐清溪水。随山将万转，趣途无百里。
声喧乱石中，色静深松里。漾漾泛菱荇，澄澄映葭苇。
我心素已闲，清川澹如此。请留磐石上，垂钓将已矣。

据说这首《青溪》是王维归隐后所作，而且青溪寻常并无别致。美就美在一个一心要归隐的人，为平常景色留下墨宝，一定是出于内在本真之意。一句"我心素已闲，清川澹如此"，韵味隽永，被很多追求内在宁静的人奉若圭臬，愿用余生去追求这种境界。

前人曾评王维"如秋水芙蕖，倚风自笑"，真好。我写不出美好的赞语送给王维，相反地，在我十几年的人生里，王维却给了我很多。他让我明白，人生总有低谷处，恰恰要有阔大境界，雄浑气象，化作"大漠孤烟直，长河落日圆"；更使我懂得，人一生起起伏伏，要守得住自己的本心，闲时"坐看苍苔色，欲上人衣来"，行时能赏"日落江湖白，潮来天地青"。如此，览照万物，心明如镜，终能拥有云水无心、物我竹影在墙上作画,婆娑生韵。我想挤身进去,竹摇曳一笔一画不说话。后来我走了,回头看竹影画,很忧伤。我的影子,更忧伤,只能跟着我回人间。

两忘的妙境。

我是那么爱王维啊，他让我爱诗的少年时光，在如今的一份天真喜悦里重新来过似的，更让我生命中一些粗粝的日常，变得温柔细腻起来。

于是，我以王维为镜，从他的山水禅诗中寻得一点美意，过他一样的生活，邀清风，掬静水，醉卧山川不知年。

一直庆幸的是，能与王维在山水中相见，于山水草木间，得一分安然，一分宁静。从此，于生活中奔波时，总能看到远山有云；于窗前静坐时，神思仿佛跑到山头，把锄种云。

因这份闲适的心境，我变得从容了——"木末芙蓉花，山中发红萼。涧户寂无人，纷纷开且落"。王维因此也成了我生命的节气，春柳，夏荷，秋水，冬山，一程明媚一程静。

我曾不厌其烦地在文中引用王维的诗句，"明月松间照，清泉石上流""人闲桂花落，夜静春山空"，也一直惊叹，那么简单的字，怎么就那么美。

其实，最初喜欢读古诗词，多是被宋词的缠绵悱恻所吸引。渐渐地，年岁渐深，经历得越多，越喜欢那些简单的美。

夜里曾去林间坐，风静下来，月光洒下来，偶尔有虫鸣，却感觉心里住满了寂静；若能亲近一条小溪，石憨厚古朴，溪水自流，清澈里映着树影、云影，尘世百般千种纷扰都散去了，唯有一份简单的美不动声色却又惊心动魄。

王维受母亲的影响，成为一位虔诚的奉佛者，对佛学有很深的领会，且认真践行。也正是因此，他的诗空灵清妙，境界清幽，呈现出一种闲澹冷寂、悠然自得的情趣。正如清代王士禛说王维的诗，"妙谛微言，与世尊拈花，迦叶微笑，等无差别"。

而我想像他一样，于生活中发现一点点禅意，在心中升起一轮明月，于眼睛里飘起一朵云，多么美妙。

王维曾在《赠韦穆十八》诗中说："与君青眼客，共有白云心。""青眼"意为"对人的喜爱与器重"，而白云，就是简单的一朵白色，缥缈出尘。

只有真正看云的人，才能心神澄明，得闲适情趣。所以，要与喜爱的友人分享，也是希望友人与自己一样，可以拥有一颗白云心。

其代表作《终南别业》中，也有如此闲适的禅意："行到水穷处，坐看云起时。"走到水的尽头，就坐下来，看云卷云舒，自性自在，无拘无束。

很久之前，我喜欢激昂的作品，很久之后我于一个寂静的深夜梦见王维，也遇见自己。从此有心做一个心中有闲适情趣的人，像拥有王维的心境一样，在山头上把锄种白云。

也许总有一朵，被一个诗人，在水溪青石上悠悠闲闲地看，倚风自笑。

我以为这是太过缥缈的梦，所以只是想想而已。忽然有一天，想起少年时代遇到的那个画天空的画家。我曾问他天空那么空怎么画？他笑笑看我，说，很简单，画云。

是啊，有云在天空啊。这不正是王维诗中的禅意吗？

在喧嚣里，在纠葛中，不忘闲居静坐，守本归心，看看书，写写字，或听一首音乐，怀念一段如水往事，再看万物，眼睛里总会飘起一朵云。

人世其实就这么简单吧，像喜欢一首诗，崇拜一个诗人一样简单。所以我也相信，人一生走来，不纠结，不自弃，不任为，不低微，昂起头，迈开脚，路在眼前，也在云端。

是的，就是这么简单。我心素已闲，山头种白云。

（二〇一六年九月五日）

红是绿的情书

在立春赶来之前,捡回屋后落下的梅花,去给你买小舟。黄昏日光斜过窗口,我们载梅载往事,流水载小桥,水墨载江南,去一本古老的诗集里。

我们住在诗集某一页,一个古老的古镇上。

在那里,红是绿的情书,风是雨的情书,一颗心是另一颗心的情书。

惊蛰之后,诗集里一行一行小巷,动词抬轿,形容词微笑,你坐着,我随着,一片花红,染窗染枝条。

曾经,在我一个人的小镇里,我让时光守城,千树傲骨梅花站岗,万里雪飘封路,任他千军万马,即使派上春风来搜城,也找不到我。我在写一首长诗,像长长的百年的小巷,有人走在上面,传来美如心跳的脚步声。

我知道,那是你。

谷雨煮茶,想邀来到小镇上的花,与我们一起,清心清饮。

清明断雪,谷雨断霜,我断不了前世的缘。就像花断不了香,月断不了影。

那缘是饱满的红,终要渐渐卸妆,淡了,落了。但落在心的深情处。那里,留着一页空白的诗稿,小红亭畔,红杏梢头,等我们一起提笔,写一封给光阴的情书。

红一句，绿一句，风一句，雨一句，到老，因为你在，我在，我们都会为这一封情书而心动。

白露，唤一声，温柔的喃喃，是你的小名。

鸿雁来，群鸟养羞。我们养了一池的寂静，红莲被渔舟带走，留下绿莲蓬，总有一粒莲子，储藏着，是光阴的韵脚，留在红写给绿的情书里。

我们也养一帘的风，养到清；养一窗的雨，养到细。

我们在白露里，养着天凉，也养着多愁的秋。

小雪路过春天的路口时，远方和一首诗正在拨亮炉火。

光阴在读一首诗，题目叫《红是绿的情书》，读给温暖听，读给往事听，读给我们小镇上的节气听。

很快，雪会一片一片，把节气的心事，落满大地。

很快很快，草木会摇落我两鬓白雪，我会披衣，陪你门外红妆扫雪。

你知道，也会很快很快很快，就到立春了。立春，我依旧会打开城门，我们一起等待春天的花朵来。

（二〇一六年九月六日）

美好会遇见美好

我是那么坚信,美好会遇见美好。

比如一朵花遇见春天,比如深夜街上的你遇见一场小雪,比如一封在心笺上写了多年的信遇见一个让你倾心的地址。

比如小桥遇见流水,江南遇见烟雨,我遇见你。

是的,美好会遇见美好,我是那么坚信。哪怕这美好很单薄,挡不了多少世俗的风,御不了多少世事的寒。但美好如诗,可以让一个人的灵魂有香气。

清代学者袁枚曾记录方蒙章的一首《访友》诗:轻舟一路绕烟霞,更爱山前满涧花。不为寻君也留住,哪知花里即君家。

我们不知诗人要去哪里看望友人,但驾小舟,涉水而来,一路旖旎,烟霞,满涧花,眼睛里心底下,都是美。

我一直相信,去看一个人的路上,如果看不到路上的美,即使再有坚贞的心意,那也算不上美好。"花里即君家",有如此美意,走在哪里,赴的都是一场让人惊羡的约。

袁枚还曾记录过小时候的一件事,读来特别温馨。

幼时袁枚家里没书,借了《文选》,读到《长门赋》一文,好像读过似的,还有《离骚》也是这样的。袁枚惊叹,难怪有谚语说"读书是前世事",并引用"书到今生读已迟"来说明一个人与书的前世之缘。

我第一次看到这则记事，一直在那几行字里发呆。特别是这一句"读书是前世事"，原来，所钟爱之事之人，真的是有"前世"的。

难怪世间有那么多美好的遇见，总有似曾相识之感。

我曾想，将来也许我能如愿以偿地拥有一家小小的书店，古朴装饰，养些花草，书架上的书，我会每一种买两本，它们相依相偎，摆在一起。

也许，也许有一天，会有两个人，同时拿起了其中一本，那将是多么美好的相遇。

美好会遇见美好，没有邀约，只有惊喜，只有感恩。就如台湾诗人周梦蝶诗中所言：你是源泉，我是泉上的涟漪。我们在冷冷之初，冷冷之终相遇，惊喜相窥。

该有多么细腻的内心，才能写出如此痴绝的诗句。

看过周梦蝶日常起居的纪录片，他早晨去买报纸，回家展纸写信。年迈之力，每一步路都走得那么珍重，每一笔字都写得那么郑重。

仿佛，是在与人相约似的，是的，诗人是在与光阴相约。所以日常的美，就在他慢吞吞的说话里，在他每一天与每一个人每一条街的相遇里，以美好，相遇美好。

在情感世界里，一个人是美好的，不算最完美；美好的人是能让你也美好，于生活中带给你安静、喜悦的美，于岁月里带给你从容、无惧的好。

像清风带来一片花影，像烟雨带来一个江南，像光阴带来一位诗人，或一个从你眼前经过，却在你心莲上打坐的僧人。

如此，你是光阴开出的一朵花，必会遇见春天般的人，你写一封长长的痴痴的信，必会遇见一个让你倾心的地址。

（二〇一六年九月十三日）

半阕岁月，半阕风静

养了两盆茉莉，从四月份一直奇迹般地开到九月中旬了。冬末春初，家里有地暖，花期早了，也长了。

几个月里，我因此有福，常泡茉莉花喝，一次两朵。水至清，花至白，每喝一口，总会看一眼杯中两朵茉莉，依然那么白，感觉整个人生也因此素净而无染。

一朵花，开时那么清喜，落时，很静，静到你的身体像一座山林，无鸟鸣水声，只铺了一地的花瓣。

我想人生也不过如此，凄风冷雨半生岁月，终于走到风静之地，落花薄薄地铺在来路上。有人看了会伤感，有人却满怀惆怅，但依然感觉很美。

就像我对某些节日的抗拒。曾认为，和一个人在一起，每一天都是节日；与一个人分离，天天是纪念日。

不，现在不，现在的我，不再这样伤感悲观。

比如以前从不过七夕，世间的情，在我看来，多是"盈盈一水间，脉脉不得语"，而岁月迢迢，总会平添几多凄凉。

如今，对于七夕，我总愿安排一首诗般的美好心愿：你让花香为邮差，送衣予河东牵牛；我派清风为快马，寄信予河西织女。或者向诗人借一个邮差，请他七夕之前所有日子，将河东牵牛寄到河西；七夕之后所有日子，将河西织女寄到河东。

人生如果是一首凄凉的词，那么我愿半阕岁月走过，留半阕风静，保有美好的初心。

高中时一好友喜欢唱歌，吹口琴。那些年，他唱了很多歌，也吹了很多歌。大学期间，他写了一首《花儿》，歌词很简单，写给他高中时暗恋的一个姑娘，写好跑到我的城市唱给我听。

大学毕业后两三年再相聚，我说想听他唱《花儿》，他就唱了，我听得眼睛红了，我们开始学会怀念了。

又过近十年，有一天晚上想听这首歌，因为不记得歌词了，特别想再听一遍。

我打电话，他说，他也忘了歌词，也很多年没再唱过这首了。他说他可以吹给我听，他吹了口琴，熟悉的旋律响起，里面多了安静的美，那么好听，每一个音符上仿佛都注入了回忆的种子，一霎开出花。

原来，那些旧的、暖的、可以一生回忆、让眼睛一热、心下还能一动的，那么一首永远在脑海里、心田里、响着的轻轻响着的一首歌，就算多少年以后，流年流走了，时光也光了，记不住歌词，但旋律，会依旧响在心里。

那是往事的旋律，在岁月深处，像一场风，静了下来，落在心头。

也许，人一生总有一段段岁月，风裹着沙，卷着雨，不停歇地袭来，在光阴提笔为你写的诗词里，占了半阕，但我们至少还有半阕，该由自己书写，哪怕仅仅是为一朵茉莉花，为一个节日，为一段旋律。

我想，人生那么多雨疏风骤的昨夜，今朝就做浓睡心安人，哪管不消的残酒还醉不醉人。卷帘看，半阕岁月，半阕风静，往事山头，海棠依旧，手握一枝，绿肥红瘦。

（二〇一六年十月十五日）

一方砚

白居易《游悟真寺诗（一百三十韵）》，洋洋洒洒，山林逸趣，工笔细绘，仿佛流泉自语，笔墨天成，让人恍惚间如临其境。

其中有句"来添砚中水"，读来别有韵味。我做了大胆的联想：浏览胜景，超脱忘归，却难免又得笔墨书怀一番。但砚已干，添泉水研之，这说明景色醉人，迟迟不肯归去，通过砚需添水，更深地赞美了景之美。

宋代周密有句："砚凉闲试霜晴贴。颂菊骚兰，秋事正奇绝。"久闲的砚会凉，久凉的心才会淡淡地着一"闲"字，所以，周密才会写下"愁是新愁，月是旧时月"的句子吧。

有水有墨的砚里，闲不下来的砚里，一定住着山水，住着诗篇，住着光阴，住着一个人。

历代文人墨客大多对砚台情有独钟，认为"文人之有砚，犹美人之有镜也，一生之中最相亲傍"。

苏东坡爱砚成痴，为得一方砚，不惜以传家宝剑相交换；米芾爱砚成癖，常抱砚入睡，得皇帝所赐心仪之砚后，兴奋亲吻……我常想，是不是因为一方砚，那些文人墨客才对书画艺术如痴如醉，甚至近乎痴狂。

如此，一方传世的名砚里，一定是浸染着文人的雅趣追求和品格修养。

难怪陶渊明曾说:"笔砚精良,人生一乐。"

我们常人的日常里,若有一方砚,偶尔研墨,题一首诗,慢慢地,一笔一笔地写着,一直把我们自己写进那一笔一笔的墨里,写进另一个世界里。在那里,我们摆脱了世俗,放下了纠葛,自得悠然之乐。

看过朋友的一方砚,他视若珍宝,说是从千里之外的山里带回来的,所以砚里有山气,有水色。因为没有欣赏过名砚,他的这一方砚,也就成了我心中的名砚。

因为,它让我懂得了,一方砚,其实是一方山水。

我常劝身边的朋友闲时去爬爬山,不但是为了锻炼身体,更多的是去感受自然。

因为朋友的砚,我便有了一个奇妙的联想,那就是,一座山,就像一方砚,你在其中走,便是研磨的过程。

借用苏东坡赞美沈河砚的一句诗来形容这一过程,便是"缥缈神仙栖到山,幻出一掬生云烟"。

好山好水是自然的杰作,你能走在其中,如同一点一点地研着墨,该是多么幸福的事。

其实,人生又何尝不是一方砚呢?

你笑,你哭,你爱,你恨,都如同研磨,磨的是一颗心啊。有人磨出了浮躁,有人磨出了清风明月;有人磨出了心上的老茧,有人磨出了柔软的光阴。

想起曾看过一凡堂设计的一方砚,因受磨心研性的启发,设计者便有了磨心研性以求静的初衷,因此为砚取名"恬静"。

砚侧四周刻有"静""心""定""慧"四字,每个字都有其本身的意境。

组合起来，又有了八种境界：静心定慧，心定慧静，定慧静心，慧静心定，静慧定心，慧定心静，定心静慧，心静慧定。

细品这八种境界，突然明白，原来，一方砚，也是一颗心啊。

而一颗心，坐下来何尝不是一方砚。

小坐生静，静能定慧；小坐心定，慧则生静；小坐定慧，方可静心……

一方砚本身也是坐在案头上、时光里，坐在诗词上、山水中。如此写出来的，美就真美，凉就真凉，静就真静。

（二〇一五年八月三日第一稿，二〇一六年十月二十五日第二稿）

杯水清心，拾落花七朵过日子。

惜花人早出

清代有个秀才叫万近蓬，他有一段美丽史话，记在袁枚笔下。

近蓬秀才年少时，作一幅《红袖添香图》四处找名士题字。这幅图中，自然有添香女子，娉婷相伴。

本是虚构美人，却从画中走来。有一裘姓友人见画后，惊讶惊笑，原来画中人"绝似其家婢"，姓花。随后，该友将此花姓女婢相赠。

故事很快传开，"题者纷然"。其中有个叫吴玉墀之人题字，最受袁枚青睐，诗句云："红楼翠被知多少，如此消魂定姓花。"

这是一个妙不可言的故事。但结尾却不尽如人意，二十年后，袁枚去杭州，得知花美人已绝尘而去。近蓬来船上见袁枚，袁枚不在，于是他留下一诗："惜花人早出，载酒客迟来。"

多年前看到这一句，一直记在心里，觉得那美、那意境，同样让人感到妙不可言。

所以多年来，一直喜欢这一句"惜花人早出"，也一直希望自己是那个早出的看花人，因为一个"惜"字，才早早来；与友人载酒，月上枝头，花影到窗，迟归尽是情谊。

但后来才知，这一句，是近蓬秀才最深沉的爱，意思是，我怜惜花姬早已死去，带着酒来却已迟。最后的最后，思之又念、寂之又寞，二十年添一袖香，二十年痴恋一枝花。

罢了，还是只从诗句字面理解，惜花，人早出。

人一生，若能做个惜花人，早春你走过的山路上，在你的脚印里，会一朵朵开着花。开在脚印里的花，一定也会开在灵魂深处，开在每一个日常朴素的心愿上，开在书页间、一个眼神里。

而这一句"惜花人早出"从此也成了我多年来的精神福祉，它让我不寂寞，让我走的每一个地方，留下的每一个脚印都不寂寞。

想起戴望舒有一首诗，名字叫《寂寞》，开篇也提到脚印："园中野草渐离离，托根于我旧时的脚印，给它们披青春的彩衣……"

初读那么美，却是诗人埋下的伏笔，是寂寞设下的十面埋伏。

"我今不复到园中去，寂寞已如我一般高"，只一句，光阴一下就凉了，往事仿佛起风了，野草凄迷，人心惶惶。这是我看过把"寂寞"写得最寂寞的诗。

特别是最后一句，"我夜坐听风，昼眠听雨，悟得月如何缺，天如何老"，这一"悟"，是更深地明白了"日子过去，寂寞永存"。

也许我不愿得此一"悟"，我更愿我的寂寞，是花好好地开了一场，即使我一个人看，人生依然是一个完整的春天；偶一凝思，缺一个同看美好的人，寂寞一下，惆怅一下，然后依然会微微一笑。

画家老树先生曾作一画，画中长衫男子扛着一大枝花，画中有题句"待到春风吹起，我扛花去看你"，一个"扛"字，天真而美好。

欣赏之余，想起爱过的那些花，想起走在春天里的那些痴痴的脚印，禁不住借用老树先生的意境，想为一个人也写上一句：春风十里如画，我扛你去看花。

你们不生于深山，在水泥的城市一角，听过往的车喧，也听隔街的海浪。
也许你们从来不孤独，心有林莽深绕，让野花在野山里野着，
你们在现世爱成青绿的两句情话。

我珍惜着我看到的所有的花朵，我珍惜着与一个人一同看花的美好，所以我想带你一起去看那些开在枝上、开在春天城堡里的花，仿佛青春十万火急，恨不得扛你狂奔去。

怎么不得扛着你狂奔呢！

光阴如同我写过的山村—门前的杏花，比别的开得早，落得也早，落花门巷前，我想与你一起慢慢看。

因为珍惜，一朵花就能开出一个春天；因为珍惜，每个春天，我总要早早地去寻花，生怕早开的花寂寞。

为此，我在早春的山里寻花时，总会在迎春、玉兰、桃花、紫荆的枝头上留下一张便笺，上面只写了这么一句：惜花人早出。

我是想告诉满山开与没开的花，有一个人，愿年年早早来探春赏花。为的也许是一份"惜"可以让花开得更甜蜜，让我的人生开得更馨香。

古人爱花惜花，已到痴绝。

苏东坡在惠州时，正好遇到海棠花开，时值晚间，便高烧银烛，赏花赋诗，从此留下名句：只恐夜深花睡去，故烧高烛照红妆。

明代袁宏道在《瓶史》里有一段记录：爱花的人若是听说哪里有奇花异草，即使远在崇山峻岭，也会跋山涉水前去寻觅。每逢花朵含苞待放，必定带着枕头和行装，搬到花下守候。

在古时，诗人写花，画家画花，美丽的诗词与画作不胜枚举。甚至干脆给花安排一个节日——花朝节，或二月初二，或二月十二日，或二月十五日，这天，人们出门赏花，达官显贵、文人墨客、平民百姓，皆欢天喜地地参加这一场花的雅宴。

还有那些以花命名的月份，因了古人的惜花之情而变得更加芬芳了。每一个月份，不再是一个数字，而是多了让人怦然心动的花香。

在如今，我们一样可以做一个惜花人。

每年早春早早地去寻花赏花，或在窗前养几盆心仪的花，每个平常日子里，抽出一点时间，与花细语，那一刻便是人生的良辰。

要在眼里心里开多少花，才能送给你一个春天；要写多少诗，才能遇见你。我不知道。我只知道，好光阴是会酿蜜的，酿在你的唇间；好光阴一定也是会开花的，开在你的眉间。

做一个惜花人，心上搭木起屋，让风住，让雨住，让云住，让月住……即使一生颠沛流离，我仍会带着花籽回家。

（二〇一六年十一月七日）

云之窝

古人写了很多宜之事，宜之美，有说不尽的生活情趣与内在境界。书宜如何读，画宜如何看，茶宜如何饮，一一对照不如古人万分之一。

清代黄图珌写过《宜云窝》，一看到"云"，又看到"窝"，顿觉亲切可人。记载说："蒲团一个，安顿于烟霞最深处，出金经静诵数过，不觉白云一片迷我去路也。"实在让人欢喜。

"蒲团"与"云"，真是让人顿感相宜之好，想静山静风，一蒲团，一世界，该是怎样的清幽自在；"安顿"一词，朴素温暖，"烟霞"又与俗世隔着山似的，且是"最深处"，难寻觅，但其实就在我们的心深处；终觉"迷我去路"，任由山转水转，岁月无恙。

一直迷恋云。迷恋王维《终南别业》中那句"行到水穷处，坐看云起时"，迷恋贾岛《寻隐者不遇》中的"只在此山中，云深不知处"，迷恋杜牧《山行》中的"远上寒山石径斜，白云深处有人家"。

人一生除了奔走与睡眠，能真正坐下来的时间并不多。坐看云起，无俗事牵绊，亦能纷扰抛开，整个人如同坐到云里去了；如此再回到尘世，云在窗前，也在肩头，处处都是白云深处。

仿佛心的归宿，就在云之窝。

除了你自己，那里还住着清风明月，住着往事，住着柔软的光阴，住着一个你心心念念的人。

这样的云之窝,一定还是一个美丽的地址。有人从唐朝摘录了一页月色寄来,有人将一缕琴声放在梅花笺上寄来,有人把一包花籽寄来,有人将你遗失的往事寄来。

有个朋友特别喜欢看武侠小说,听他讲得多了,我曾好奇地问他,最喜欢武侠小说里的什么?他犹豫片刻说,本想回答一个"侠"字,想了一下,觉得还是"酒"字最喜欢。

也许一碗酒,就是一个江湖,一个江湖里总有一个侠客。我建议他去开个酒馆,他让我给酒馆起个名字。也许我做不了侠客,我还是只想做个白云客,所以我说,就叫"白云边"吧。

现在想来,可能我是希望,人行路上,走在白云边,看尽人间冷暖,一抬脚,便可回到自己的云窝里去。

到最后,我们要守的,不过是一盏茶里的清香,一封信里的往事,一个人的温良与安好。

原来,云之窝是一个人灵魂的居所、精神上的地址。

彼此气息相投的人,即使隔山隔水,也有一封封花信,从心头出发,在光阴里抵达。如同有的人,在一杯茶里,看到一个人的影,在一页诗里读到一个人的念。

宋代释志芝《山居》中有句"千峰顶上一间屋,老僧半间云半间"。如此潇洒的情怀,真是让人生羡。

屋本在高高的千峰之顶,孤绝于世外,住的人,悠然自在,又自然不忘分半间给云住,这样的境界,非一般人能修为而来。

我们肯定无法真正抛开一切，隐退于此。但我们能将那些往事，那些值得用一生去铭记的某个瞬间，那些我们牵着念着的人，温柔地收藏着。收藏于心的一隅，时不时地于忙碌尘世里，找个闲暇，静静退到心里，坐上片刻。

那些知道地址的人，会在一个有月亮的夜晚，或于一片温柔的花影里、一行行诗里，将岁月素笺、心里惦念寄来。

所以我知道，花开了，是你寄来的信；雪落了，是你寄来的信——来信请寄云之窝。

如此，每忆你，云边有清溪，溪边有白石，石边有彩蝶，蝶恋一枝花。

如此，想你时，如在云之窝，在柔软的光阴里。

（二〇一五年八月二十三日第一稿，二〇一六年十一月十一日第二稿）

你喜欢

朋友打算在大学附近开一个小书屋，全免费，书免费看，茶与咖啡免费喝。说给我们几个朋友听，大家惊愕不已，继而义正词严地反对起来，唯有我支持他。

确实从租房到设计装修，再到书架上摆满书，需要付出一笔不小的开支。我知道他是为了完成他学生时代的一个梦想，有个可以坐下来慢慢看书的书店，一直看到星星挂满窗口也没人管。

过些日子，朋友来问我书屋起个什么名字，我一下子想到三个字：你喜欢。

这名字，无一点雅气，想到时我也吃了一惊。但朋友特别喜欢，他说正合他的心意。也许活在这个世界上，做一件事情，或者爱一个人，难得的便是这三个字，你喜欢。

你喜欢书，摆在古朴书架上，占着一角，只看看，心里都是暖的。

一架子书，让光阴有了温度。闲暇时光，倚在床头，或坐在窗前，翻几页最逍遥自在。

因为抚摸过有香味的字，所以每天都能见山见水见花见月，更能见最本真的自己，和一个挂念的人。

你喜欢宁静，养的花枝，也会开得自性清宁。

你对世界复杂，世界也必回你复杂。如此你与这个世界，永远难分难解，心也永难宁静。

你心里要有个宁静的角落，一定要有。你一宁静，那个角落里就会有人来，一个清风样的人，一个白云样的人。

你喜欢一种颜色，比如靛蓝，比如天青色，喜欢得久了，骨子里就浸了这颜色。

再看人，气质里就有了一种与世无争的高贵气息。

即使是孤独的，但正如靛蓝的沉稳与不慌张，是做人的境界；正如天青色，染着一身烟雨，你一见他，就感觉去到江南，你是撑着油纸伞的人。

那些喜欢饮茶的人，从古至今，饮的又不仅仅是茶，更是内心深处的小欢喜，是心境。

明代文学家屠隆有《茶说》篇，其中有一段将痴茶之心写得让人艳羡——明窗净几，花喷柳舒，饮于春也。凉亭水阁，松风萝月，饮于夏也。金风玉露，蕉畔桐阴，饮于秋也。暖阁红炉，梅开雪积，饮于冬也。

饮的是茶，又何尝不是良辰美景。想想三两好友，窗前一坐，窗外或春色明媚，或冬雪飘飘，一杯暖茶，带来一段柔软的光阴，是多么幸福的事。

有一天和一个我敬重的作家朋友吃饭，饭后他给远方一个义友打电话，让我也说几句。

虽然跟他少来往，但我知道他对茶有一份痴，便说，你来，我带你去山上喝茶。

春天用花朵招待从远方而来的诗人，因为春天知道诗人的喜悦；我想借一杯茶，款待一个痴茶之友，该是最美的心意。

情感世界里的那些"你喜欢"更是旖旎动人。

只因"你喜欢"——晴天恰恰好，下雨也恰恰好，一个人恰恰好，想念也恰恰好……好久不见，想念你了；只因"你喜欢"——走在路上总有那么一瞬间，经过她的楼下某处坐坐时总有那么一瞬间，窗前发呆时总有那么一瞬间，每天每天都有一瞬间开始想你。

你敲了键盘一个键，回你的必是这个键对应的字母或字；你弹了钢琴的某个键，发出的一定是你想要的那个音。

所以，我一直相信，你喜欢一花一草，一花一草一定会回你纯真的美好；你喜欢一座城市，这座城市一定会带给你一个你等了很久的人；你喜欢牵手的光阴，光阴必会馈赠你十指相扣的缘。

（二〇一六年十二月十二日）

唯念你让我如白衣少年模样

不惧怕老去的人，心里总有明明朗朗的小欢喜。一缕墨就是十分缘，一朵花就是整个春天，你在的地方，就是二十四桥明月。

我努力奔波在路上，为用一朵春天的桃花换下光阴安插于我眉心的箭，我在每一个冬天，扫两鬓的雪。

我觉得我得像一个诗人一样，为春天扫开一条小路，等待春天的花朵，早早地来到我的门前。

一日一日，一年一年，花总是开得欢欢喜喜。

所以一生只愿低头看花，但某一时，猛抬头，发现光阴早已设下十面埋伏。

终于明白了，光阴似箭，我才发现我没有盾牌。唯有你，我想挡在身后，幸好看见你冲我微微一笑，还是年轻模样；唯有你，让我感觉光阴慢了下来，停了下来，像一缕风停在花间，像一只蝴蝶，停在写给你的一首诗里。

以前常爱做的一件事，就是观察路上遇到的老人。最喜欢坐在一棵花树下的老人，他的眼睛里有清风，面容上染着花色，那么安详，微微笑着。

记得有一次在山脚宅院门前的杏树下，就遇到过这样一位老人。我想他一定很幸福，因为他心里住着一个人，他心里住着花。

我知道，光阴的箭，能穿透一个人的一生，最惨厉的痛，是这支箭洞穿了你深深的孤单与寂寞。

多年前一个朋友曾说，所谓的孤单和寂寞也许是因为少了一个人来抵挡。让身边有个可承担、可分享、可抵挡，可微笑、可哭泣、可喜悦的人，在老去之前，与你共享每一刻，是人间最美的浪漫。

如果身边没有，心里要有。这样可以在那些凌厉的时光之下，依然怀旧、念想。

人之所以爱怀旧，大概是因为旧的东西，有温度。

比如旧的衣服，也许过了时，又被光阴洗掉了原来的颜色，洗旧了，但留在往事衣橱的衣服，再穿上，也许不能给旧人看……

但心境是旧的，穿上的那一刻，那一分，那一秒，却能温暖地想起一个人。

就像触摸一张旧电影票，往事便一幕幕地上演着，总有一个镜头让你热泪盈眶；就像打开一个旧信封，光阴便一行行地铺开，总有一句话语让你眉开眼笑。

念一个人的时候，窗外冰天雪地，心里一炉火，那个人携往事围炉而坐，你如少年，只想为他读一首诗。

有时会盼老。老来闲无事，看一团花色，十分惹人怜。怜的是一个影，月影，风影，一个人的影。

因为终于没有多少牵绊，因为终于可以心无杂念，唯剩下怜惜的一点往事的影，一个可以念的人。一份念，是唯一不能割舍的，可以让两颗心长长久久下去，不怕沧海又桑田。

所以，早就不再惧怕老去——我们依偎在一起，随便赏赏月，听听风,看看雪落,看着雪落下白茫茫,像落下白花花的岁月……

人生的华衣终会一寸寸地旧下去,往事的节气也必是一寸寸地凉下来。好风景看过,美好的人爱过,也就更坦然而从容了。

如此,每念你,我像回到写诗的少年一样,把一缕墨念香了,把一朵花念成一个春天,把你在的地方,念成我的二十四桥明月。

岁月可沧桑,唯念你让我如白衣少年模样。

(二〇一六年十一月二十三日)

深秋很深，花也走向深处，尘世人看不见。

抱一小捧回家，是我把深情的花抱回人间，还是深情的花把我一捆，丢在人间。

婉容喜色

曾去参加一个茶艺会,很多人在听茶艺的讲解,听茶的前生,茶中的禅。茶师举手,每一动作都如敬佛。其眉目仿佛也染着茶的静,唇间点着茶的香,时而微启,不言一语。

这是一直留在我心里唯美的画面。多年后再回味,我觉得美的不仅仅是茶师的动作,不仅仅是一杯一水的精致,还有在场每个人的表情。

真的就那么美。那些表情,陶醉,忘我,那么清澈,那么安静,那么温婉。

看过一个书法家为几个朋友题字,书法家时而目光恭敬肃穆,时而面露喜悦神色。

那一笔一画里有石的苍劲沉稳,又有山中野径般自在,又仿佛是一缕缕目光,牵着人,随意疏走,尽是洒洒。过后听他说,书法的境界,是书写者能被每一笔带走。

听到时,心里一惊,又一喜。虽然我不懂书法,但欣喜我欣赏时有同样的感觉。

我想,也许我在自然中,在日常里,所珍爱的每一步路,都是我虔诚写下的一笔。由此,我那么笃信,我曾被一花一草的温婉,牵到云深处;被一书一墨的喜悦,牵到情深处。

我发现,那些专注做一件事的人,大多有着这样温婉喜悦的表情。

因专注，心无杂念，一杯茶里仿佛浮满月色，一笔书法里仿佛生起白云。

后来，我为此总结出一个词：婉容喜色。

总觉得，一个人最美的表情，便是这样的一份婉容喜色。一个"婉"字，是温婉，是柔美；一个"喜"字，是喜悦，是清宁。我相信，心有澄净的人，脸上一定带着婉容喜色。

每年春天都会早早地去山里看杏花、桃花，即使再忙，或者路再远，都不会放弃。

是因为在那薄寒的初春天气里，那些坚硬的老枝上，柔软的花朵，像一个人的表情般开着温婉的暖，像一个人的眼睛似的开着喜悦的美。

还有那些美丽的诗句，在书页里，好似等着你似的。

在滴滴答答的江南雨里，在突然飘起雪花的黄昏，在一个温柔的夜的深处，它是温婉的良人，是喜悦的佳人，一生在那一行里，等你来。

而你，一定是这样的，读一句，看一眼，婉容喜色，纯美无言。

对于情感而言，我常常想，人一生的旅途中，美好的事情，莫过于，与你婉容相见，与你喜色相悦。

一路走来，眼睛里看到的只有美好，心下留住的也只有美好。好像途中遇一花一枝，一风一月，处处是景，不与俗事作过多纠葛，不与名利作过多追随，不与得失作过多计较。

心下坦然而从容，所见所念皆是简单纯朴之美，脸上的表情，自然便是心上的表情，眼睛里的喜悦，也自然是心上的喜悦。

如此，与一个人牵手去山中走，牵的仿佛是一缕花香，是白的云，清的水。

再看花看草木，直看得人心温润婉愉。身边的人，一脸婉容喜色，是山间最美的风光。

哪怕只是一个人，因有婉容，有喜色，所以心中便开满花枝。如此，走进的每一处风光里，都如走在一个人的心中，走出一串美丽的韵脚。

（二〇一六年十二月一日）

单衣披雪，细嗅梅花

单衣披雪，细嗅梅花。

用文字画了这样一幅画。仿佛心无尘埃，终于走到清香之地，四野寂静，唯有白，唯有香。我在画里，不管来路，不问去路，抛了杂念，弃了尘缘。

若有懂得画的赏画人来，是最好。画里落着雪，梅花香着，赏花人不语，她的眼里仿佛有被柔情催开了的春天的花朵，她能闻到画里的香。

说到单薄，我少年的衣是单薄的，我后来温暖的夜也是单薄的，我把窗户打开雪花飘进来几朵染上的诗稿，也是单薄的。单薄的，还有我与你和光阴之间的几页旧日历。

一件单衣，就足以飘满日历的每一页。年少总是心存这样的执念，以为时光从来不会将一个人改头换面。所以，每一个少年，都穿过一件诗做的单薄的衣。

他愿意一直这样穿到情深似海，又大雪漫天。记忆是梅，一点红映在纯情的雪里，犹如再也回不来的往事，既清既冷，又香又美。

这一点点的单薄，让人生出一丝惆怅，却真的那么美。

一直喜欢雪。

雪落在屋檐，落在远山，也落在书页间，落在往事里。于窗前看一场雪落,犹如看着纷纷扬扬的光阴,不曾时时珍惜,却从不曾远离;于书页间看一场雪落,犹如看着清清凉凉的旧念,不曾日日记起,却从不曾忘记。

每一个诗人都知道,雪从很远的远方,从唐朝出发,一路白马,嗒嗒来到你门前。

是的,我多想,在一个大雪封门的天气里,有人来到我的门前。

静静等那一声,轻轻地响起,微微地,心一跳,又一跳。

茶刚刚温好,那一页梅花笺上刚刚落笔了两句:昨夜不知深几许,今晨见雪厚半尺。

正思量,要不要再补上两句,说我细嗅梅花,如嗅你的气息。

雪夜叩柴门,是大地上最温暖的事情。

像你在宣纸上染开来的一朵亮梅,像你在一盏茶里准备的一朵微笑,一般温暖。

你开门时,我会拿着一篇雪,说好了,我还能写五十篇雪。我走过了诗经三百,走过了一年三百多天,就是为了与你相见,还我的诗债。

我知道,在那些不曾相逢的时光里——雪,伴你红梅红妆;雪,也陪我梨白月白。

我多想把少年单薄的衣,一直穿到岁月花白,只为了与你一直如初,如雪初白。

所以到两鬓落雪时,我只希望与你在每一个日常里仍旧单衣赴约。春赴花宴的约,夏赴清风的约,秋赴红叶的约,冬赴白雪的约。

每一枝开着的梅,都是来赴约的,我嗅一缕梅香,也是来赴约的——赴一场雪的约,赴一卷长相思的约。

无雪无梅的季节，我就去看一场风带来的前朝往事，去看一阵雨送来的梨花小巷。愿用一直单纯的清澈的眼睛看，不用说什么，嘴角落下一粒音符，开着你的喜悦。

然后此季，等雪来。

我们养着梅，养着春天的花籽，养着清水万溪。此程的山与水，早早为我们铺开了花径，只等风来雨来雪也来，说些岁月里温暖的话，像一只鹿，撞进心田如春青苹边。

我知道，最终，每一条单薄的，我途经的途，都是我用春天养下的鹿，撞进你的心跳深处。

如此，红炉旁，用你研好的墨，为你写诗；红窗外，牵起往事，单衣披雪，细嗅梅花。

（二○一六年十二月十五日）

一棵树一个旅店

柿树很美,美在深秋入冬之际。

柿树干高,直挑挑,枝多如盖,夏时满树的枝与叶,哗啦啦的风,叽喳喳的鸟,热闹得满天空都飘着歌。

到深秋入冬时,再看柿树,老得如一幅画。去看过柿树林的人,肯定会惊叹得说不出一句话。

那些上了年纪的老柿树,干粗,黑,如铁,如一段不悔的历史,峥嵘有过,葱翠有过。你怀抱一棵,满怀的硬朗气,给人安稳与踏实。

最美是叶子落了,剩下果。

小时老家常见老柿树,黑而坚实的干,高耸着,每到深秋,又入雪冬,时常看到枝头最顶上,挂着零星的柿子,或橙或红,不坠不烂。

老人说,那是给鸟留的。如今再看,一棵柿树,好似一个旅店,住着秋风,住着日月,住着鸟儿,住着第一场雪,住着一个旅人。

柿树上总是跳着一窝窝的鸟叫声。

是的,就是一窝窝的感觉,似是拖家带口,呼朋唤友而来,好不热闹。想想宋代郑刚中在《晚望有感》里写的那一句"野鸟相呼柿子红",一定也是看到了此番景象,一定也在那叽叽喳喳声中,久久留恋,百听不厌吧。

老家屋后两棵柿树,一到深秋,就热闹得翻了天。因柿树,老房老屋似乎就多了生气。

有时我看着一棵柿树,耳朵里暖暖的,因为那些鸟的叫声。红红的柿子,高挂无叶的枝头,像一个个小灯笼,即使夜深了,也在月光里亮着暖的光。

多像一个旅店!大自然的每一棵树,想想就是一个个的旅店,供那些鸟儿来住。而树的旅店,自然备好了甜蜜的果,清美的露水,还有满树的月光。

住下了,就饿不着,累不着。

我还喜欢行至山野时突然遇到孤零零的一棵树,远远看去,让人一下子有了依靠。

一次进山,带很少的食物。从山上下来,口渴腹饥,走了很远,仍是望不到头的山野,有大片田,和荒坡及野路,见不到人。那时步子极沉,爬过一个小草坡,突然有一棵树闯进眼里,远远能看见树开着白花,人一下子有了精神似的。

终于到了树下,原来是一棵杏树,长在田边,那白的花间,还跳着麻雀,那时坐下小憩,听着麻雀叫声,感觉它们是我的旧知。

我倚着树干,鸟也不避人。它们也像我一样,在那一刻,住进了树的旅店里,在细细的花香里,休息片刻。

多年前看过一组柿树照片,两只喜鹊于枝上,或拍打翅膀,同吃一果,尽显各种美意。我知道,拍这些照片不容易,为捕捉一个镜头,可能需要长久等待。我又知道,拍这些照片的人,该是多么幸福。日常生活,于敦厚中,看一枝红果悬挂,有鸟儿来,轻盈自在。

一棵树一个旅店,那些鸟儿,也是幸福的。它们一起旅行,从春风一站,到白雪,得一棵树同憩,一枚果同食,眼前没有姹紫嫣红,但心里喜悦同暖。

(二〇一七年十一月四日)

一种

一种伤怀

陈蔚文曾说:"我愿意为冬夜岑寂的街道细小的雪花而伤怀;为北风刮过一地废弃的车票而伤怀。"从来不知道,有一种伤怀可以这样美。

有多少慈悲就有多少伤怀啊!人人都有伤怀的情感,记得有一次,半宿眠醒,突然不知身在何处似的,空落落,眼茫茫,心里有一种莫名的伤感。仿佛前尘往事,转眼即逝,无可挽留,那么匆匆,那么决绝。开始渐渐懂得为逝去的时光伤怀。

这样的伤怀,是一条小径,能带你回到青春最后一部诗集里去。也时常情不自禁地怀念青春,那里无雨,晴天一样能淋湿少年单薄的情怀。所以那时会写清冽伤怀的诗句,比如,看春意葱茏,是"春光漏走",看桃花零落,便写那是"桃花撕破脸"。想起那时我总结自己的一句:"我的青春,就像窗台上的猫在等天黑。"如今每想起,更添伤怀愁绪。

还好,这份伤怀之情,到如今变得更温柔、慈悲,难免也会为细小的雪花,为一地车票这样的小事伤怀,但是眼睛里有微笑,心里有温暖。

一种远方

我们去的所有的远方,都该叫往事。

去时如赴约,像往事的约,见一个人见一页风光;回来后,那些远方便真的成了日后每回忆皆是美好的往事。所以我写美时，总爱说，美若往事。

那些你没有陪一个人一起去的远方，是往事里的一条小径，你已无数次地走过；那些要一起去的远方，是往事里的一页诗稿，只需走出牵手的两行，便是两个人的大好江山。

一种房间

听网上古典文学吧官方电台主持人读我的一篇文章，一下子带我回到过去。开始禁不住怀念那些听电台的岁月，整个房间都长满耳朵，寂寞的耳朵，甜蜜的耳朵。

以前曾以"房间"为主题，拍了很多照片，虽然没有多少艺术性，但是还是那么喜欢。也许只有我知道，这个房间里有一个秘密，因为堆放的东西越来越多。

书、磁带、杯子、植物、牛仔裤……从进房间那一刻开始，一样一样，当我再从照片中回想时，我相信，岁月是一个搬运工。

一个人的房间，也许你从不说话，墙上却长满了耳朵，听书中的人讲人世的悲欢，听电台唱一首老歌，听杯子盛满的光阴，听植物开花的声音，听牛仔裤发白的感叹。

甚至能听见你眉梢上的喜悦，听见你手指飘雪，听见你低低念过的名字。

房间长满耳朵，能听见你所有的秘密。

一种空

空山怎么会空呢？松风阵阵，鸟语串串，深草微花，野径浅溪，走一路看一路听一路，听得人心满满当当。

可是这"满",又是另一种空。是人的心,一下子空了,无所缚系,天然自在,便满心满意。

所以,王维一句"空山不见人,但闻人语响"足够人好好玩味。我们在世,耳里灌着车水马龙声,争吵声,喧嚣声,这一声声早已敲破耳膜,敲碎了心,却不自知。我们应适时将自己空一空。心中有空山,寂静一会儿,清凉一会儿,才好。

听雨时,要把雨声听到空,而不是碎。听雨若听得心碎,碎了溅一地一心水花拾起哪一瓣好。空是无关其他,无尘无染,无人无心,只有雨声。

空是无,无是妙境。空时能听到百种美妙,比如听到雨滴在砚里的声音,溅出一纸的诗句,可是哪有诗啊,还是空,却让人感觉空灵了几分。

(二〇一七年十一月十五日)

第三辑

想为
你取名叫春天

想以素，以净，以单纯的心思，迎一个春天，迎你来。
从此，我可以以春天的模样，以人面桃花，与你相认；
以梨白，以干净的手指，翻开一页你可以走进来的诗稿。
我想，我终会成为一片花光，成为沧桑但依然美好的春天。

你美好了，所有的花都是开给你看

——十二月帖（上）

　　一日。一碗一瓶，素朴日常，蓄清水，或空着，修剪一枝枯花，与一分古朴相守，得十分美意。如果我是一本书，就以碗盛清水、以瓶插老梅作封面。

　　二日。那斑驳墙上的藤，颜色渐枯，一日枯于一日。落雪时候，藤叶红红点点，染在其中，对望片刻，仿佛站在人间与世外之间。挪一下步，就回到尘世，但一定带着一点不愿舍弃的颜色，或是眼中的喜悦，或是手指上的清凉。

　　三日。把桂花枝，小心地，从书架的一处移到另一处，总是担心那枯掉的香落下来。屏息完成，如完成一件大事，然后洗手，小坐片刻，等自然干，捏十二叶龙井，等茶香。

　　四日。下午听一位书法家的讲座，虽然是基本知识，仍听得入迷。一笔一画里，都是真功夫，都有大天地。再想那些写下的文字，也应当有这样的功夫，每个字都要带着真心意。如此，光阴会在一笔一画里走，一朵花也会在一笔一画里走。人一生最美的相遇，大概也是一笔与一画的相遇吧，疏密有致，结构妙契。

五日。中午收拾几片枯叶、枯花瓣时，发现窗户上有一只瓢虫，十八星瓢虫。把它做了模特，拍了几张照片后，欲放生窗外，又不知那刺骨的冷，它能坚持几天；留下来吧，又不知怎么养。我还是擅长在清水里养一截往事的枝，于日常里养一段光阴的香。

六日。与阿桑留言说稿子的事，过一会儿回：我正走在路上，捡到苦楝树叶。拿出手机想拍照，然后看到你的信息，满心欢喜。还说，苦楝春天开花很美，浅浅的紫和白。会心一笑，回她：你美好了，所有的花都是开给你看。

七日。从信箱里取出四本杂志，挑摘了两枝菊。抱墨香与菊香上楼，今天楼梯上的脚印也许会跟昨天的炫耀说：我是香的。

八日。一说起春天，我就觉得我是一个温暖的诗人。小阑红芍药，已抽簪，曾记否，小桥边上，红红紫紫。春天还远着，但心里一直养着一段春光。

九日。四周很静，夜很静，某一瞬间，突然会想是不是好几天没说过话了。其实，也不然。对一朵花，对一页诗，对一段小光阴，有说不尽的清宁与安好。仿佛花开给春天，仿佛月来到你桌上。再素朴的日常，也能自言自语，这是向内丰盈的美好历程。

十日。周邦彦的《兰陵王》词里说：愁一箭风快，半篙波暖。人生一世，会渐渐明白一路所拥有的，愁绪一半，暖世一半。也自始至终都明白，唯一的一个你，才是这一世的十分暖。

我的紫藤花架，每年都会去看它。摘一串花香，挂在窗前，风来摇花的铃铛。在岁月的白马，跃入芦花之前，手指依然温柔，有足够时间，容我缓缓打开一本诗集。

十一日。走了一小段路，去看夕阳，若有雪落最好，顺路去看点点滴滴你的黛眉映雪。然后你以红妆出门，我在夕阳下，飘雪中迎你。

十二日。找点闲时间，忘却忙碌事，无事无烦忧，静静地发发呆，看窗前茉莉，冬天会不会开出一朵洁白的花。

十三日。冬天一直喜欢将窗开四分之一，不是为了通气，而是为了去感受"凉"。冬天深夜回家，每进楼道的那一刻，总会突生美好。那么一点点暖，一下子包了过来。为了这点暖，我年年冬天愿意穿得薄一点。人生也好，情感也罢，有那么一点点暖，便觉得足够了，并无过多奢求。

十四日。一年总要整理一次书架，一定要把整理的书摸一遍。那些书架上枯了的枝与花，似曾相识，就像再也回不来的往事，与我却从不疏远。

十五日。一早雪。六点半左右开始，继而飘飘洒洒。喜悦有时如雪，不一定非是暖的，清凉凉地落了一身，也是暖，像那些未来得及续上的缘，也依旧在温暖的画面里。月过半，与友小聚。然后早归，走在路上，盼有雪，这样我便可以为雪写一首诗——我扛着一肩的雪，我披着半生风雨，我从一件单薄的衣里出发，我从从未说出口的一个字里归来。

（二〇一六年十二月一日至十五日）

寻我前世遗落在今生的花籽

——十二月帖（下）

十六日。经过小山前，停了下来，往山里走了百来步，看到很多乱石堆。好想让光阴给我安排点时间，这样，我要架一座小石头桥，慢慢地，一块块地垒起，哪怕把弹唱光阴的手指磨粗糙。这样，等春天的时候，花朵经过，有春水流起。

十七日。回了老家十多年的老朋友回来，把酒临风。是有风的，冬天是暖茶风，夏天是清凉风。老友的一个眼神，一句随意的话，都能起风的。

十八日。忙于生活，也该如此时坐对一枝花。花枝与旧时光，与现世的尘，好像隔了一个时代。美好的我们在一起，在那个遥远而温暖的一首诗的时光里。然后给你写一封短的花笺，告诉你，喜欢你的名字，喜欢你居住的小村，喜欢你经过的路，喜欢你一路叫着花朵一起回到小村，与我相识。

十九日。楼下的菊开着，美人梅还在赶来的路上。一切不晚，一切刚刚好。所以，我觉得，因为一片绿叶挨到白雪，因为白雪挨到立春，因为立春是我的柴门，你知道，不用叩门，花朵在路上，正好碰到你，一起到我的草木小院，一缕墨，在等你落座。

二十日。一定要偶尔远离尘嚣，听自己心里的声音。也许能听到前世一粒花籽落下的声音。

二十一日。今日冬至，下起绵绵的雨。天气不冷，雨因为冬的净，似乎更净了。总觉得，人一生，什么都不重要，一份明和净，其实是最难求的。

二十二日。半夜开始下小雪。要写的稿没写完，一直在窗前看雪。于窗前看雪，想象窗在西岭，如此，白茫茫，窗含西岭千秋雪。当雪一片一片一片地飘进我们的光阴里，只想那么简单地去感受那白、那凉，会忽然忆起旧时光的暖与好，又忽然感觉千秋光阴如秋千般忽荡忽高忽低，让我飞如年少又落如白雪。

二十三日。说好每年写一篇雪。一篇雪里，你穿红装，我温老酒。

二十四日。把喜悦的文字写到深夜，窗外的风睡了，家里的花草也睡了，一切都是美的。感恩又感恩。活在当下，你一定要知道，你的幸福，你的美好，首先必须是你的一种心态，其次是你活着的姿态。

二十五日。翻看这几年写下的专栏文字，真巧，第一篇与今年最后一篇都有有关"养"的内容。第一篇提到养了两块石头，最后一篇提到养了两盆茉莉。从2013年11期开始，到2016年12期，已在《青春美文》杂志开专栏三年多。这三年里，经历过人间的大痛，停下过一切，却从未停止过书写美好。感谢《青春美文》，一路上，让我成为清风，成为明月，成草木写下的一章，花月眷顾的一阕，也让我成为我自己，更让我像第一篇文章《我送一眉好水》里提到的我养的那两块石头一样，既能"尘埃之外，卓然独立"，又能"空山无人，水流花开"。

二十六日。我想世界把我遗忘，然后在生活的某个脚印里寻找，寻找那里我曾落下的一粒花籽。百般的琐碎与忙碌中，我得把她捡回来。这样新年的日历里，会有花开，会有赏花人归来。

二十七日。一点点挤出来的时间，我想安排一首诗接见我暖暖的一个笑的瞬间。好想这时间，足够我研好一方砚上的墨，如此相见的分秒，都是良宵。

二十八日。昨日竟然梦见走了一个小桥，石桥，断了半截的桥。流水前身，桃花今世，你在来路上来，我在归路上归。你和我，从不曾疏离，不曾被阻隔，即使半在断桥烟雨间。

二十九日。年复一年，树绿了，黄了，落了；可日复一日，花开在春，开在夏，也开在心里。世间所有的美好，不是一花一草一风一月，也不是一生一个人能给你的，世间所有的美好，必定是你自己给自己的。

三十日。我答应了我常去的山，若把一切美好写成一本书，一定送给山阁。书未带，先去了山里报喜讯。时间过得真快，去年的《十二月帖》也记载着大雪那天踏雪去山林送好消息。是同一个好消息，一切虽迟，但一切迟早会来。随喜安稳即好。尘世里，竹槛灯窗，把墨泼成良宵，等你来温一壶老酒，我想醉个七八分。然后寻我前世遗落在今生的花籽，种在柔软的光阴里，种在你的眉间，种在美好的诗行里。

三十一日。等不等跨年无所谓，因为等与不等，年都要跨我而去。

并非你跨了年，年就不跨你。好的不好的，坏的不坏的，管他管他呢，都翻一页，另起一行。新一年，老规矩，继续美好下去！

（二〇一六年十二月十五日至三十一日）

深心独往

空山寂寂，草自青绿，花自飘香，深心独往。这是我喜悦着的、愿一生追求的境界。

想起两位古代画家题画诗中的句子。一是清代戴醇士的"万梅花下一张琴，中有空山太古音"，一是明代李日华的"有耳不令着是非，挂向寒岩听泉落"。

一个人万梅花下抚琴，目之所及，一万棵梅树一万万朵梅花，如雪照身，或许正好也有一场雪来，琴音空灵，一缕缕，一丝丝，是太古清音，人间难寻；一个人空山寒岩听泉，耳之所及，再也没了世间百般千种是是非非，宁愿将一双耳挂上寒岩，此间山中只听泉落。

若非一份深心独往的执念，难求这样一份后人称赞的雅兴。深心是痴心，独往是境界。

我无数次去我常去的小山，就像回到一个人的心里。

小山无名，但小山里有山雀窝，有《诗经》古老的风来过，有鸟鸣衔着诗句枝头跳跃，有青草悠然自在地绿着，有松果落……即使无太多入画好景，但你分明能看到有荷亭亭，有梅生暗香。

心里有清的风花的香，所以不论于尘世里走到何处，那小山都是我的世外桃源，是前世留给我的温暖的线索。

何况，山里有雾，有露，有花香染开的一条小路。

也许你会来，也许你不来，但也许一只鹿，会撞了进来。

又也许你写的一首诗，千里万里，一个字牵着一个字的手，一行连着另一行的韵脚，也会来。

即使剩下我一个人，正如一枝青莲悠悠地开，一朵花即使终要谢也会遵从内心地盛放，我也在身体里抽了枝，结了苞。

如此，深心独往，我便可以与所遇草木赤心相见。我会流连于初春林间的一地阳光，我会去看一滴露，清清的，像一个人的眼睛，或者像存了小雀清亮亮的歌声。我们的爱，在尘世，也一定在这样一颗清清的露里。

山桃杜鹃鼠尾草，早春鹅黄青绿老。若是人间有尘埃，住到花家便逍遥。

即使一身尘土地来，即使眼耳鼻舌也落上了尘埃，但山间的家，自有清澈的水为你洗。

山中清风草木，每一样都似清澈的水，能洗掉一切尘世杂念。你听到的几声鸟鸣如水，洗你的耳朵；你闻到的几缕花香也如水，洗你的鼻子；你看到的明月也如水，洗你的眼目。

你深心独往，所遇所得，是尘外自己的模样。你会一刹那生出此山安身之意，随便搭木成屋，烧火炊烟，尘世难求，清欢易得。

所以，我一直计划有一天在小山里搭木屋，用枯木枝，已断断续续收集了一些，堆在小山偏僻一处。

若是搭好后，我要找一块非常干净而漂亮的大布，从顶上挂起，垂到脚下，一个木屋就成了，简单而心悦。这时小山雀会来一阵啾啾，松声会来一阵涛涛。

那么，我会在小木屋里留下一些纸张写点字，或是存放着茶壶茶杯，偶来此山的人，遇见木屋的那一刻，一定会目瞪口呆，继而在一个美好的林间光阴里，在此坐一坐，发一小会儿呆。

就这样深心独往，只带着喜悦，随一份痴，去一座不知名的小山，世缘抛下，山光水色里照见自己精神上的家园。

如此，在草木的日历里，嗅遍光阴之香；在野花的节气里，看遍日月之美。

再回到尘世，依然能于窗前望一眼云，于路上闻一阵香，便随云、随花香去到诗词里，去到往事里，去到最柔软的光阴里。

（二〇一六年十二月二十一日第一稿，二〇一七年三月十四日第二稿）

向内丰盈

不知世间有没有人，拥有果园十亩，野花满坡，木屋一间，夜有月光鱼游历其间。在那里，春时潺潺看溪，夏时炎炎赏荷，秋时萧萧望雨，冬时寂寂听雪。

这是我几年前写下的我还不曾拥有的理想生活。

我日常的生活很平常，我诗意的生活全是诗。

我一直认为，生活与诗，并不遥远。生活深处总要有自己的深情，去珍惜每一份美好。

我一直固执而天真地向我的内心走进，我的内心是一座花园，所以我时常感觉我的身体开满花。如此，何愁过不上自己丰盈的生活。

我像一个诗人一样，铺好了诗行，向内丰盈，所以何处不是百花深处，果园十亩。

一天夜里正忙着写稿，偶一抬头，忽觉四周很静，夜很静，灯光很静，桌上富贵竹很静。某一瞬间，突然会想是不是好几天没说过话了。

其实，也不然。对一朵花，对一页诗，对一段小光阴，有说不尽的清宁与安好。

于心的深情处，早已说了又说，将美好的愿说给每一个日常听，将一首干净的诗念给一页美丽的往事听。

仿佛花开给春天，仿佛月来到你桌上。

再素朴的日常，也能自言自语，这是向内丰盈的美好历程。

如同月色一缕一缕润进花色里，烟雨一丝一丝润进江南的小巷里。

向内丰盈的人，是懂得那么一点点的润的美好。

然后一生行走间，能将清澈的目光，旖旎的唇语，润在春天早早结苞的枝上，润在提笔即老的一行诗里，润在光阴轻轻走过的小路上。

那么，告诉自己，做一个温良的人，有一颗温润的心，是多么幸福的事——终于可以把人生，把素常日月，润成花香，一瓣一瓣一片一片的花香。

向内丰盈的人一定还懂得一份细致，一份自足。

我反反复复地写着花花草草，是因为我希望我拥有细腻、温柔的气质，如此我可以静默成诗，走进一个不被打扰的、安静美妙的世界。

台湾诗人席慕蓉曾说："细致的草木是一些细致而又自足的灵魂。"大概只有诗人，才能有如此美的发现与表达，因为她有细致的灵魂。

作家匡燮曾在一篇文章里提到草原上看到的奇特的花，有人问起这是什么花？后来得知它们是馒头花时，其中一人说，它们，也许是日和月，千轮万轮的日和月呢！

你看，没有细致的灵魂，怎么能看到花即是日和月，这是多么神圣的敬畏。

席慕蓉那句话里还有一个词，非常喜欢，那就是"自足"。

当一个人，所求简单，只看树发芽，看枝抽化，都会变得无限柔软，内心渐渐丰盈起来时，除了他的细致外，一定是跟他的内在世界有关。

那里是一个自圆自足的世界。自足，会让灵魂更清澈，如山间溪水，林中清风。

郑板桥所写的某个日常，茅屋一间，新篁数干，雪白纸窗，人坐其中，一盏雨前茶，一方端石砚，一张宣德纸，几笔折枝花，心思清宁，如一幅画，妙绝至极。

能在自己的世界里时有清欢一场，向内丰盈，是一种能力，更是一种生活的姿态。

所以我明白了，为什么有的人会在闲时痴迷做手工，有的人即使再忙也会为一朵花一塘水而驻足，有的人愿意披一身月色在花藤下小坐，有的人愿意为一盏茶而消磨半个下午，有的人愿意静静地手写一封信。

向内丰盈的人，心里种着一亩花田，邀了光阴来坐，约了往事来赏；向内丰盈的人，心朗朗如百间屋，暖炉净几，时有清风明月围坐，三五知己把盏；向内丰盈的人，颊染花光，手弄流云，一生桃柳明媚，尽生欢喜。

（二〇一六年十二月三十日）

自题小照

坐在窗前读纳兰性德的词,随手一页,读其句"千里暮云平,休回首,长亭短亭"。我喜欢这样情极深隐的表达,既有深情,又具深意,让人回味。

此阕《太常引》,题副是"自题小照",也就是纳兰题在自己画像上的一首令词。这样的令词一定是作者某一阶段内心最深处的"华章"。即使不得见纳兰此张小照,但于词句中,一样可见其人。

我在"自题小照"四个字上思忖良久。人生一程程,长亭连短亭,回首般般事,欲说却还休。也许总有几个字,几句话,是自己特别想说的。

胡适有行书《自题小照》,"偶有几茎白发,心情微近中年,做了过河卒子,只能拼命向前",笔意清隽、话境苍凉,又不失斗志。

鲁迅的《自题小像》被后人传诵:"灵台无计逃神矢,风雨如磐暗故园。寄意寒星荃不察,我以我血荐轩辕。"多么"坚贞、猛烈的爱",这样蓄积内心的爱国感情"激励着当代亿万青年去光大这'民族魂',去实践这值得'毕生实践的格言'"。

窗前有竹风,心中有隐者。这是某次与一友交谈时回来给自己题写的"小照",也是对自我的一种提醒。

当时,朋友讲了一个让他记忆深刻的场景:他去见客户归来路上稍有郁闷，坐在某处纳凉，这时走来一个僧人，大夏天，长袖僧衣格外引人注目。僧人在他所在的阴凉处略作停顿，便向他身后的小片竹林走去。说是竹林，其实不过十几竿竹，稀稀疏疏，有一条小径容人通过。僧人走得很慢，朋友看着，略一走神，再看僧人却不见了。

起初他以为那僧人不过是穿过了竹林，从自己眼前消失罢了，但一想也不对，竹林稀疏，对面又是护城河，怎么会不见了人呢？后来，朋友笑了笑，他感觉，那个从容的僧人，是去了自己的心里。

你的窗外没有竹，可是你心从容了，你会像竹一样，见一个僧者，也能将他隐在你的心里。听起来有点深奥，其实细想又如此让人喜悦。

世间的事，烦忧、困顿、迷茫着我们每一个人，于心中修一丛竹，引一缕清风，也将这些苦恼事隐于其间，该舍的舍开，该从容的从容，这就是好人生。

想想我题写最久的"小照"，一是"一直在写字，一直在消失"，一是"自静养墨"。前者是十几年前刚开通博客时，思前想后为自己郑重写上的一句简介；后者是近年来自己所追求的一种境界。

这么多年，一直在坚持的事情，就是写作和消失。写作让我找到自我，消失又让我遇到另一个自己。有时我又会觉得写作是另一种消失。人消失于人海，消失于喧嚣、纷争之外；也消失于文字之中，又于文字里随处可见。

有时在网上发文发得不勤了，有读者便会问我哪儿去了。其实，我在，我在书里，我在文字里，我在清风里，我在生活里，我在一切美好里。

自静养墨，虽是一种境界，但我觉得更应该是我的人生常态。

这个秋天，有两本散文集要出版，书的内容是这三五年所写，但为了写这些文字，我几乎用了十年的时间。

前五年，几乎停笔，偶尔东写西写，毫无目标，唯一做了一件事，就是"静"。我爱上了爬山，常去山里一待就是一整天；爱上了草木，别有日月非人间。我在书的自序里，引用了我写过的一篇文章里的句子："我要努力再努力，把整个身体，变成一座山，一棵树。这样我就可以更好更好地去感受一座山写出的草木篇章，一棵树开出的光阴花卷。"

也许在一些人眼里，这不过是几句旖旎的话，但只有我知道，那隐于其中的情感，是多么炙热。

偶尔自题小照，看看自己另一个样子。也许在一首诗里，引发无限柔情，题上一照，可见自己清风明月的样子；也许去了一座无名的小山，见了满山的野花，见了山风，心间便搭了草舍，住进了月光，可见自己闲适从容的样子。

我想，自题小照，懂得平平常常里朴素但养心的美好，是一面镜子，安稳睡醒后可照见你；去珍惜日月光阴里每一卷花开，珍重打开，打开属于自己的芬芳，你便可在花丛中笑。

（二〇一六年十月二十日）

到春天的路口摆摊卖诗

　　早早地，我决定从一场雪出发，到春天的路口去摆地摊，卖诗，一朵白云买一首。

　　少年时爱写诗，朦胧诗，有同学将我的诗抄在黑板报上，教我们语文的老私塾先生每每都要课前站在那里看十几分钟。老先生时而点头，时而摇头，然后会来问写的是什么意思。

　　我不记得当年是怎么回答的。后来我就想，是不是每一场青春，就像那一首首朦胧诗——是故意写来让别人看不懂的。

　　关于诗的记忆，还有一个片段，一直刻在心上。

　　那年代常看香港枪战片，打打杀杀，填补青春的空洞似的。不知什么电影，只记得一个桥段，他落魄，却喜欢写诗，有个朋友，掏出钱，买了他的一首。

　　所以大学时，有个同学问我，毕业后你最想做什么，我回说：去街边摆摊。

　　朋友只当一个笑话听，他并不知我摆摊卖什么。

　　去年深秋的一个早晨很美，我捡了两口袋海棠果。

　　袁中道写《韦公寺》，其中有一句"猎猎风初至，纷纷下海棠"，在那一刻忽念起，心里一热。

　　海棠花落时，有凄艳的美，也许因为秋风惹人愁吧。没见过海棠果落，却见过一夜之间落满一地的红果。看了，也是叫人生愁的。

我想，那纷纷落下的是诗里一个一个饱满的字吧，而我能否捡全，捡成一首诗？

整整一个早晨，我在口袋里手捂海棠果，我想把这些如诗里玲珑字般的海棠果，在闭门雪夜里，一颗一颗地安放在宣纸上，也许总能安放成一首诗，你喜欢的诗。

我将多么富有，这样，我会早早地出发，赶到春天的路口，摆好小摊，你携云来，一朵云就可以买一首。

人生有无数的瞬间，因为听了半夜的雨打屋檐，或看了一场雪扬扬洒洒落白了树，心中便有诗行落下。

而每个春天，那些开着的，红着的，香着的，仿佛不仅仅是花，而是诗。因此，在一些人心里，春天就成了一座开满诗歌的城。

有时，站在一树春花下，我甚至觉得，是诗催发了花开。

所以，我早早地去摆个小摊，在春天的路口，那些美好的人，都会经过，自然愿意买一首。那一首，花开万卷，诗心如海。

我准备了桃花诗一束、杏花诗一册、丁香诗一扎，外加清凉凉的雪花诗一捧。

桃花诗里，蕊含溪水声；杏花诗里，香染烟雨巷；丁香诗里，蕾吐绿鸟鸣；雪花诗里，一点白，一点凉，住着你的往事。

都是清心生妙香的诗。

在幽筑藕花间，荆扉日月里，早早开始研磨，展纸；在引风竹径上，染红枫深处，端笔思量，久久怀想，你的名字，你的模样；在月色浇衣的窗下，在云掉了一朵的纸上，灯影，花影，皆成行，唯我迟迟不肯俯身成行，生怕深情不够。

　　只为了换一朵云，云上有你锦书来。

　　即使没有你的消息，人生行到水穷时，仍可坐看云起，内心温柔自持。那些花，因为一首诗而开了，也一定是因为内心所持有的温柔。

　　从此不再厌烦自己的少年，因为那些叛逆、困苦、无助之下，仍有这样的温柔，以花香相待，以诗行相爱。厚待过一段不平凡的路，一段美好的光阴；热爱过一树花开一窗闲云，也爱过一个人。

　　我知道，去春天的路口摆摊卖诗，不过是一个美好而浪漫的愿。这是我的执念，一想起，便感觉手指温柔，内在情深似海。

　　你去摘云，也许一辈子也摘不来一朵；我去写诗，也许一辈子也成不了诗人。但是，这个过程，我们完成了美好的交易。

（二〇一七年一月十二日）

为了与一粒纯净的花籽相遇

这个世上,总有一些人,把光阴开了花,结了果,还留下花籽一包,寄给相惜相悦的人。

一座山里总有花籽安宁地在白雪里做着纯净的梦;一个人心中总有好花开过一场,落了也落下纯净的花籽。

见过一包一包存好花籽的老人,他们多是面容安详,花籽不寄人,有要的,就喜悦相送。每年春,种遍屋前房后,花开时,坐在摇椅里慢慢摇着香。

如今,我也喜欢花籽。夏时花开过,枝枝蔓蔓上挂着花籽的房间。你只需虔诚地一敲门,花籽就迎了出来。

你会忽然看到,开门的花籽,长着你的模样。

多美的相遇啊。

由此我也坚信,你拥有的每一粒花籽,都是你与另一个自己相遇。

我在五月采过广布野豌豆的枝蔓,六月采了很多花籽,每年春天我都想去山上随处一撒,就热热闹闹地将一片紫爬满半坡。

也想着,某天寄给远方的人,一些美好同路的人。

我一包包精心地包好,叠着白的纸张,小小的花籽,一粒粒的,如同一个梦,收纳好,只等一个春天的照顾。

可是，后来竟然找不到了。翻了箱，找了柜，始终未果。

曾懊恼过，自责过，最终也无措失落过。但又转念一想，也许那些花籽，是被我不小心种在光阴里。那些采着花籽的小光阴里，心中满满的喜悦，应该回一分给光阴。

也许，这样做，只是为了与一粒纯净的花籽，在光阴里相遇。

诗词里也有花籽。

诵读诗词的人，他们的声音像花一样开在耳朵里，但更美的是，他们嘴角有喜悦，喜悦真的是诗词开过的花籽。

长不过几个字，又不过几行行，所以诗词里每一字每一行里都开着花。你走了进去，染上了一身香，再回到俗世里，衣上便沾满花籽。

有的沾在衣领上，你一安静，就能闻到香；有的沾在衣袖边，你一翻书，就看到花籽落到书中，于是你才能从书中抵达一个春天的路口。

你爱上的每一首诗词啊，都是为了与一粒花籽相遇。

为了与一粒纯净的花籽相遇，我眼睛里飘过云，我手指飘过雪，我四肢百骸存过千年的风霜。

为了与一粒纯净的花籽相遇，我读的诗词里韵脚生香，我写的信未寄却情深似海，我走过的路铺满了我的身体。

为了与一粒纯净的花籽相遇，我用青春喂养过光阴，用身体里的飞禽走兽撕咬过岁月，用柔软的心包裹过一只命运的刺猬。

还有，我努力再努力地把自己变成春天，我邀了春风，我备了桃红的酒，柳绿的佳肴，我设了百花宴，原来都只是为了与一粒纯净的花籽相遇啊。

（二〇一七年一月十九日）

时光惊雪，美人惊梅

时光惊雪，这四个字，写出来的人，身在红尘心在世外。

多少人品味了这四个字，被其中的意境牵走了魂魄。牵到哪儿去了？你问她，她答不上来。但心里就是知道，它美！

美在时光，美在一个惊字，更美在清凉凉的一页雪。

还是说不尽的，更说不透的，一页。

往事在光阴里幽居，一定有那么一个人，在你一生的心事里一世安好。

也许正好一个黄昏，落了雪，悄悄地，落白了窗前，落白了门外，落白了她正读的一句诗词。

这个时候，怎么能不惊呢？刚想着与一个人的一段时光，雪就来了，干净地来，洁白地来。

是，我在"时光惊雪"四个字里，以虔诚的目光相迎，感觉周身笼罩着光，像我爱着的那些往事，以白，以净，以素，覆盖我。

就是那样的妙不可言啊！刚想着与一个人的一段时光，雪就来了，干净地来，洁白地来。

而梅，又正好开了。那么美。

其实，一定有一个美人在。那美不是容颜，更不是鲜衣，而是她以一枝梅的姿态，入了你的诗行，入了你素朴的日常。

所以窗前落了雪，又开了梅，美人正美，在最好的年华里与你一起在一枝花里在一座小山里陶醉。

我想告诉你，时光惊雪，美人惊梅。

你就是这样一个，美人。

想了那么久，总算在"时光惊雪"之后，写下这一句：美人惊梅。

即使再好的时光，你不来，也是徒劳将往事放在心上。

没有大宅，无二十四园栽花木，凡人一个，有雪被时光惊，有梅被美人惊，惊在雪后梅开后桃花人面上，无限春光好。

我是要你在惊了梅之后，拿无数个春天迎你，无数场花事等你，无数场如青春一样的盛宴守着你。

（二〇一七年二月六日）

想为你取名叫春天

我与春,一直相见恨晚。那么多那么多年,恨少年不懂韶光贱,恨岁月开花我不在场。

如今一回首,只感少年忽然离我去。而今十年冬雪一地白,十年单衣披雪,只为了终有一天心能柔软可盼春归。

像盼着一首词,坐花香,坐月色,来到窗前。像盼着一个人,身边的人,或远方的旧人,在岁月深处,在光阴的一花一草一书一香里,隔着山与水,也能旖旎而来。

想以素,以净,以单纯的心思,迎一个春天,迎你来。

从此,我可以以春天的模样,以人面桃花,与你相认;以梨白,以干净的手指,翻开一页你可以走进来的诗稿。

我想,我终会成为一片花光,成为沧桑但依然美好的春天。

望穿了秋水,又望了白马偷偷入芦花,入了银碗,又落进了雪,心里仍有温柔的沧桑。

如此,在春天的溪边,在春天小雀温暖的窝前,在花香铺成的小径上,在野花睁开的笑眼间,在光阴的酒窝里,还能以纯真的目光,与你对望。

忆及江南马嘶花落时,薄薄的一层雪,落上了江南瓦,落在睫毛上。

睫毛上一阵凉,忽地心头却一阵热。薄凉的记忆是会开花的,是因为心中一直有一粒相思的种子。十里春风,十里快马,红药春分圃,青蔬雨到畦。

春终于来了，小心地、一点一点地来了，像在寻找什么，从枯了一冬的枝上，从绿水岸边。或许，春要寻苞打开一段美好美妙的旅程，春要寻花开的声音，春要寻你归来的脚印。

你一来，我便是春天；你没来，我长成春天的模样。

即使在再深的冬里，偶尔于光阴里，把旧旧的光阴开成了春天的模样，多好。

去常去的垛顶山上看白玉兰是否吐苞，立春刚过，玉兰还没来到枝头，但春风已眷顾而来，我已期待而至。

站在树下，在薄薄的手纸上，写下两句诗：平时常寂寞，孤客偶见欢。

我们都是光阴里寂寞的故人，我们都是岁月长路上孤独的客人，忽然见到你，心下欢腾。

即使不见人，但有春风顾，像那个人的笑，像那个人叮叮咛咛的话语，你知道这样就好。

我想唤着你的名字，我想吻上黄昏里淡淡的愁。直到，岁月开花，开出香的一页，多愁必多相思。如此，又是一好。

我终于可以相信，我是春天。

我是春天，我愿意如春一样，带给你满山的山花，野性的，细小的，淡淡的，那些花。

我是如此愿意，也那般以热爱寄给你一个春天，像一座城，你是王，是花下浅酌的伊人。

所以对春，或对如春般的你，恨不能播下所有的花籽，恨不能一生一世彼此相怜相惜地开。

　　终于温暖相遇，终于于斜阳外，流水绕孤村，你把一个开满花的小村，送来。我知道，前世相守过一村一个春天，今生把每一个春天爱遍，还觉得不够。
　　还不够，那么，想为你，取名叫，春天。
　　不多一言，不多一语，只是那么想为你，取名叫，春天。

（二〇一七年二月十七日）

手弄流云

手弄流云，是一个特别让人惊羡的境界。

春天的云低，秋天的云高。伸手可摘一朵云，举目可以随一朵云。这样的闲适，这样的安逸，是心境上的美，更是入世的修为。

我常常想，每一朵天上的云，一定是地上的花开出的幽香，缥缈出尘。

所以当一个人，可以手弄流云时，他的世界，一定是水流花开。

清代黄国珌写岭上白云时，不写这云的任何美，或任何奇，只写"身倚磐石，手弄流云"。

他认为这是一种"萧疏清冷之致"，而且只可"自相怡悦"，"不能赠人"。简略几笔里，自然真意多取于南北朝诗人陶弘景的那首《诏问山中何所有赋诗以答》：山中何所有，岭上多白云。只可自怡悦，不堪持赠君。

陶弘景此诗，是隐居之后回齐高帝萧道成诏书所问而写。看过一段资料评说，非常好——没有华轩高马，没有钟鸣鼎食，没有荣华富贵，只有那轻轻淡淡、缥缥缈缈的白云。在迷恋利禄的人看来，"白云"实在不值什么；但在诗人心目中却是一种超尘出世的生活境界的象征。然而"白云"的这种价值是名利场中人不能理解的，唯有品格高洁、风神飘逸的高士才能领略"白云"的奇韵真趣。所以诗人说："只可自怡悦，不堪持赠君。"

在当下，亦有隐居之人，并非逃避什么，只是相比世间一些凡俗之事，他更喜欢手弄流云的随性自在。

去看过一次美妙的茶艺表演，见茶师目光柔和，手指轻捻那一杯一水，突然觉得，我来的时候，身上还染着尘，一直染到眉心指尖。

所以快快去洗手洗目，带着一份虔诚，洗得洁净，而后才躲在一角，痴痴地看着。确实是"躲"，写时自然而然，稍一停顿，我想为什么我会用一个"躲"字，而不是诸如"守"字，守，也不错啊，但是在那一刻，我洗去了尘世的尘，仍觉得面对那么美的一茶一水，我是如此渺小。

不论是茶艺或花艺，看到那么虔诚的美，都会让人心中飘起洁白的云。但我觉得，茶艺与花艺不同，花艺要明媚的人来侍弄；茶艺则要明净的人来巧弄。

弄一水，生一茶香；弄一茶香，生世外的云。

烟火人家，有炊烟袅娜；山中寺院，有钟声清音；世外痴人，有手弄流云。

听一个年轻的同事说，每年冬天他回老家，都喜欢与坐在墙角的老人一起晒太阳。

多年后我在杏花树下遇到一位面带蔼然的老人时，杏花如雨地往下飘，他就坐在竹椅里，像坐在往事里，不为路人所动。

我就那么站着，看着，出了神。不知过了多久，又突然一下惊醒似的，心里在问这是真的吗？那一刻，眼睛里看到的仿佛不是真实的，而是缥缈的。那种缥缈，让我感觉如在云端。

后来我想，也许在那一刻，我真的是在云端的。那位老人，是世外高人，是手弄流云的人。

我由此笃信，每一个晒太阳的老人，都是禅师。这样的禅师，手尖上都是云。

    我多想，翻一页书时，如手弄流云，每一页，甚至每一个字上，我都留下一朵云；我多想，行一段路时，如手弄流云，甚至在一个脚印里，种下一朵云，他日有人经过，知道前人走过一段云一样的路。

    怀这样一个愿，素常日月，光阴里一定也会被一只温柔的手扶起一朵云，再落到天空里，以洁白的念，怀想柔软的念。

    我知道，窗前婵娟于桌上的月光，午后婆娑于廊间的花影，像一个容颜清宁的故人，一直在等一朵云，等一个可以手弄流云的人。

（二〇一七年二月二十七日）

焚香净手，侍弄花开

焚香净手，可以做什么？打开一本书，打开一段往事，打开彼此柔软的，光阴。

我是愿意为一朵开在窗台的花，或是入了深秋剩下的枯枝，而洗手呆坐。呆，是因为所求不多；呆是因为心神相通，像深廊通到你幽深处，像小径通到你光阴里。

孤山春烟晴日好，一岁一花相思老。

这样想时，眼前澄明，所剩下的不过是一分净，一分美。

焚香净手，还可以打开一片日月，打开一片花色，打开《诗经》，打开唐风宋雨。

像打开一卷前世，看着自己在那古老的页面上，翻山越岭，寻那前世的一段缘。终是寻不得的，所以此生还有愿——愿前世悲喜、苦乐，都走遍，留前方一片桃李春风相迎。

人一生，更多的岁月是自持的岁月，是——幽月无声开小院，浅春有红上窗台。

把盏，话别了一场小雪，终于走到春好处，焚香净手，侍弄花开。

春天一定会去山里，山里一定有小山桃开。那年在山里桃花下，写了一笺信，与自己相约到暮年，然后心思清明地下山去。

在山下，遇到白发的一对老年人，拄着木棍，相携而攀，心里一下特别温暖。

我们在杂草铺满的小径上，打了个招呼，彼此又嘴角扬笑。本来擦肩而过，我下山，他们上山。因为温暖的一笑，突然担心上山的小径太多藤枝，绊了他们，所以告诉他们，行到不可行处，就别再攀了。

两位老人，彼此看了一眼，然后说了两个字：谢谢。

那两个字，干净，无杂念。

焚香净手，其实焚的是俗世的烟火，净的是前世的一挥手，像云般的缥缈，又纯粹。

出了两本书，无数对我厚爱的读者朋友，欣喜地告之他们愿意住在我的文字里。一个"住"字，是多么珍贵的深情。

就像我愿住在草木人间，住在诗词里一样——不住下，何来情深，无情深的情，何来天长地久日月辉映。

其中有个读者朋友来跟我说：书一到，焚香净手……

只看到这四个字，就足够了。把一个春天，一份美好，写了又写，有这一句，我便不曾辜负美好，也不曾辜负一份厚爱。

焚香净手能做的事，不一定仅仅是打开一本书的门扉，不一定仅仅是打开一段往事的窗口，不一定仅仅是打开彼此柔软的光阴的光——

只是为了眼睛里还有一份净，世上的情分还有一份美。

所以，对我来说，焚香净手，侍弄花开，所得的是如水般向往的、内在的清澈心。

（二〇一七年二月二十八日）

你是源泉，我是泉上涟漪

我见过一次非常美的涟漪，是从杏树上掉落的一句诗漾起的。

那年立春过后，去看杏花。杏花沿着山泉溪岸边长，杏花看不够，但泉水又诱人眼眸。终于找一块石头坐下，看泉水潺潺，清亮可人。

能这样心无杂念地，在一个被阳光晒暖的石头上看一会儿泉水，消磨半天，是平常却又奢侈的美好。

正想着，忽地感觉发梢被什么轻轻碰了一下，又瞬间看到，一瓣杏花从发梢的位置落下，落到脚边一小湾静止的水面上。

正在失神之际，看到花瓣周围，一层两层细微涟漪泛起，那一刻，我突然觉得我走进了诗的国度里。我念不出一句诗，却似乎被诗的涟漪层层包围。

我想，也许那一瓣花，本来就是从树梢上掉下来的诗句吧。

念一个人，会心生涟漪。

在你特意去看花，于一朵花上静静发呆时，你心底的美好花光似水，这时你于心底深处看见一个人。那个人，或者他的笑容，或者他的一句话，或者他的眼神，或者只是他的名字，滴答一声，滴落水面，荡起一层涟漪。

也可能是夜里，你抛开网络安静地看书，在某一页上，你恍惚了一下，心底突然无限柔软。

那一页有一句话，或一个词，又或者一个字，一下子击穿你。你眼前的书页，好似泛起水光，你恍恍惚惚地，感觉心里有一朵叫心事的花，突然掉下一瓣，轻轻地，飘向那水光之上，漾起一圈涟漪。

能让你心生涟漪的那个人，一定是你长长光阴里最美的泉。

台湾诗人周梦蝶《行到水穷处》诗中有句：你是源泉，我是泉上的涟漪。

我认为这是世间最旖旎的情感。深情之处，你是心底源泉，日日涌起，我便是你泉上欢喜的涟漪。你是春天，我就是花蕾，花蕾是春天的涟漪；你是月光，我就是花影，花影是月光的涟漪。

不做那圈住泉水的潭，没有奢望，没有贪欲，只是喜欢，只是随着一份喜悦，你流经的每一个地方，我都跟随。你是人间胜景，我只是你景上一圈一圈的明净，圆满知足。

而你回我的，必定也是明净的怀抱，清澈的眼神。

一生的涟漪，为你目光投来的小石子而旖旎。

一直认为，爱是一个眼神就能荡起的涟漪，也似月色飘在水面，倒映着枝条的温柔。

你若静止，我便与你相喜相悦，波澜不惊，有花落下，我以涟漪，说给你听；你若成泉，涓涓而流，我便轻轻微微，在你的怀里，你的眼神里，漾起涟漪，含笑与你同行。如此，一分淡，一分真；一分从容，一分岁月静美。

在长长的人生中，我们最需要的就是这样一份没有杂质的涟漪。

怀着美好的愿，我知道，喜悦是时光的涟漪，往事是岁月的涟漪。

我愿我生命里的涟漪，迷而不失、惊而不乱；我愿我光阴里的涟漪，二月是花潮，三月似莺时，六月如莲灿。

（二〇一七年三月二十七日）

风软眉眼

温柔的人，风软眉眼。

她见柳条细垂，未抽芽，仍能从寒水的倒影里看到美好涟漪，即使那涟漪是她自己落下的眼神。他见一场淋漓不断的雨，知道远山会生云，总有一朵会落在念的人的窗前。

这样的人，眉目既明媚，又蔼然。是心无尘土，也无杂念。爱着花草，就是爱着花草，以光阴的暖，以灵魂的香；念着一个人，就是念着一个人，以无邪的眼神，以远方的诗。

这样的人，眉眼间有软风，软得人沉迷其中，软得人，如坠画中。

你养的再朴素的花草，都会以如画眉眼，与你柔软相见。

所以你手指干净地抚过花香，你心上自有朗朗明月，皎皎月色，望去如蝶。

如此，有人闲身侍笔墨，落下的每一个字，都是一笔一画一段温良的旅途，一路红红绿绿到你家门前。

你推开门的那一刻，见门外人，眉眼如画，心里一软。

你等的，你用一生的墨等的，不过是这样的一见。

唐太宗李世民有一首《春池柳》，其中有一句"疏黄一鸟弄，半翠几眉开"，不知他是在何时何地，生此心念。但那柳疏疏几丝黄，见了，一定是喜上眉梢，所以，当闻一声鸟鸣，即使一点点绿翠，也能惹上眉眼。

那春光是画,那池是画,那柳也是画。

你眉眼间的喜悦,自然也是画。

好似有风,从诗行里吹起,软软地将你的眉眼软成了这样一幅画。

因为初春采土植新绿,到了春分后,绿蓬蓬生春意时,盆里也长出一棵杂草。

任其长了一段时间,还是忍痛拔掉。却不舍得扔,所见杂草的绿,也像可以滴诗的一段春一样,应该与那些好花一般,被眷顾与照料。

所以,放在茶席上,茶杯空着,眼睛里却茶香袅袅。

这时候,只需那么宁静地看着,一棵再普通的草,都是风吹来的细软的光阴。怎么不是呢?分明那绿,绿得人,心头一软。

若给知心的人说一句:回家看看父母,也看看老杏树。那知心人必定能懂得,有多少温柔被沧桑包裹,有多少春风被思念包裹。

在老杏树下坐,父亲在忙着打理一园子的菠菜、韭菜、蒜苗时,有村里人问起杏花与桃花的区别。老父亲说了一句:杏花落了桃花开。说来也巧,前两天刚刚还为杏花与桃花总结出诸多不同来,却不如老父亲这一句。先开的是杏花啊,春风一来,软了眉眼,花就温柔地开了。

若在一生里,眼前岁月如早春,有幸,你见一个人,忽然感觉风软眉眼,那该是多么美。

他好似杏花风,软软地吹来,你知道,你愿意从此拿出所有的温柔相待。

(二〇一七年四月三日)

花满玉壶

有一位读者发来信息，说他在朋友圈发了一些自拍的茶壶与花的照片，并用了我文中的一句话"远处人间的一壶茶"作配图文字。但他的一个朋友留言说，应该把"人间"改成"山间"就更有韵味了，他不知道到底好不好，便来问我。

此句出自我的《与我说一段岁月闲话》一文：草木说给季节的闲话，红一句，绿一句，总是清清朗朗。赶来听的风，坐在一边的石，远处人间的一壶茶，把时光过清亮的一个人，能到清逸高闲之境。

"人间"与"山间"各有各韵，各有各味。当然从我的文字前后来看，自然是"人间"。撇开看，人在人间，怀想山间一壶茶，这本身就是心怀高闲的人才有的情致。

奔波不停，匆忙不断，某一时静坐，向往远山，与有缘人，或与草木花月，共一盏茶，有风听风，有雨听雨，有雪听雪，闲适自在，何其之美。所以，远处山间，无异也是我们精神上的寄托。

若人在山间，喜悦相随，见花见草，如见旧故知，闻溪响鸟鸣，似细语娓娓如诉，这时感觉山间每一样都有清逸之姿，都有高闲之态。如此，想想远处，那个自己暂且抛开的远处人间，曾有过一壶茶，陪过你，把光阴坐柔软了，把心神坐清和了——如此，是在山间看远处人间的自己啊。

很静很静很静很静。花香提着高跟鞋，蹑手蹑脚地走了，桌上一本书睡了，阳光如真丝一样的轻而暖。我拉起时间的手，请他离开这样一个美丽的瞬间。

我曾在离家不远的小山之巅静坐，整个人闲下来了，整座山也闲下来了，身边开着山桃花，日光晴朗，鸟鸣似水。

　　不经意望向山下，"那里是我的人间啊"，心里忽生这么一句，好似我从我的人间隐退已久。那一刻，竟百感交集，不知是为隔着山林看人间的些许闲逸之情，还是为看到尘世里那颗曾饱受过凄迷的心。

　　但幸福的是，想想我日常的茶盏里，不光盛茶，还盛花，盛月色，盛相敬的光阴。

　　端起一盏，清水里养着花色，养几瓣简单的白，以一场仪式般的隆重，与自己相处一段光阴，眉目如画卷展开。

　　所以我的茶盏，也是花盏，是光阴盏。

　　能在人间拥有这样一盏茶的光阴，我一直感恩着所有的遇见与拥有。

　　我们能走多远？

　　没有舟车劳顿，没有他乡酒旗，没有长亭连短亭，仿佛只需一眨眼，便可去到想去的地方。去看了别人的风景，看风景的自己，大多还是自己。

　　能走多远呢？我曾这样问过自己好多次。直到越来越喜欢静处，走的路，看的书，仿佛都在引我走向百花深处。原来世上最远的路，是走向自己内心的那一条。

　　所以，我会从一首诗里出发，从一朵花里启程，我去的每一个地方，离人间一步之遥，却是一个寂静的芳菲世界，内在乾坤。

　　我在小山中留过茶盏，我知道，一盏清风，一盏明月，皆是好景致。再回往人间泡好的那壶茶前一坐——心思净土，无远弗届，闭门读书，花满玉壶。

（二〇一七年四月十日）

今我来思，杏花成溪

今天去杏花疃了，杏花沿溪岸农家门前一路蜿蜒开得热烈。无限的美，美到身轻，再无俗事。

云绕在环村的山尖上，远远地赏着；风停在尚无绿意的树的梢头，静静地守着。每走一步，都觉得走进了一幅画里。

石头垒墙，杏花开门，那些山村农家，古朴安然，好似不论多少年，依旧会年年把清喜的花，派在门前院里溪边，守候着前世的盟约。

其实杏花疃并不叫杏花疃，但我一直以它，在光阴诗笺上，在给你的信上，落款。

那年来时，杏花已簌簌落，不经意的，站在树下，就有花瓣落上肩头。轻轻的，但我却感觉，肩头忽地一沉，继而凉凉的。

那时，感觉这落的分明是雪。梨花落如雨，杏花却是雪。我在心里想着，也许是因为杏花在薄春里就早早地开，所以落时触目是凉。

也禁不住在心里念："昔我往矣，杨柳依依。今我来思，雨雪霏霏。"我曾认为这两句诗里的情感，是世间最苍凉最苍凉的。

而今天，我又来了。若我在一棵老杏树下，与你说起，今我来思，那我一定不希望带一丝苍凉。我愿这清喜开过的花，落下时，只不过是随一条溪远去。

十几年前第一次来杏花瞳，我并没有四处赏杏花。我不知道，这山里人家的门是什么颜色，墙由什么垒成，更不知每户人家都养着一棵杏树。

那时我更喜欢我拍的那张照片，画面里那户人家的房，只剩下四面断墙，杂草荒生，残骸一地。但其中一面墙上，竟然还有一扇完整的窗户，颜色还极鲜艳，明黄色，再看杂草葱绿，忽然想哭。

当年我一定还是个心有悲凉的人。所以后来还写了那次的感受——那种悲凉是用来加深自己的孤独的，如眼前狼藉，仓皇得竟忘了收拾背后一地残骸。但记忆依旧，一直长到茂盛。剩下微凉的时光，和哭泣绿，一扇窗，再也关不住，回忆。

你看，那时我怎么会爱上清凉凉的杏花，我是属于悲凉的。

但也正是因此，我在溪边坐了很久，我看见杏花落在水面上，一瓣一瓣，一朵一朵，有的是被时光的风吹落的，有的是被往事的雨打落的吧，就那样随山泉而去。

我很想知道，它们去了哪里。直到多年以后，我才明白，那些落了的杏花，是光阴寄给我的信，泉水为邮差，日夜不停地奔来。当我以美好为地址，总有一天我会收到。

近几年，雨少，所以杏花瞳的溪是见不到山泉的。

我一直那么骄傲地说过，老杏树一定要养在老宅门边，或一定要有一条溪日月相伴。而今每次来，回家时为杏花写几笔时，总有意将溪忽略。

今年三月七日，早早地来到杏花瞳，花自然没开，还有雪。远山上有雪，一眼一眼的白；屋檐下有雪，一脚一脚的白。

我只是想来看看老杏树，告诉它们，年年早来的杏花，被一个人岁岁念了又念。

另外，还特意在溪边石头上坐了坐。

我觉得，我心美好了，这世界，便水流花开。

以前每次来，我都会坐在这棵那棵树下，这次是倚在一棵上。倚着，闭上眼睛，听花香落下来，落在发梢，落在眉间，落在耳边。

而花影也落了一身，又似衣，披了一身，于是我安心地闭目小憩。

今我来思，杏花成溪。

我知道，山泉从我心的宅门前流过，潺潺如歌，淙淙如语。而那花香，我在花影般的梦里，是要寄给你一整树的，从一条溪流上寄走，很慢很慢地抵达——

我知道，你指尖的温柔收到过，你眉间的喜悦收到过。

（二〇一七年四月三日）

一生与干净的花朵交往

每次看到那些看花的小女孩,她们笑容干净,站在花树下时,总觉得,世间还有什么是不美好的,一个小小的孩子,都如此爱着每一个日常,每一片花草。

喜欢那些看花的人。每年春天都会去看杏花桃花,想想除了花让人喜悦外,再就是那些在花前流连忘返的人。

一树花与看花人,好似甜蜜交谈。

一个眼神,就是一瓣花开;一缕香,就是一句情意绵绵的话。要不,怎么就眉毛弯弯,嘴角上扬。

一件干净的衣,素一点,净一点,即使再旧,穿在身上,也有贴心的温度;一朵干净的花,清一点,净一点,即使开在山间,即使只是不知名的野花,也是一幅清喜自足的画。

我一直相信,每一朵花,都是干净的,因为心无杂念,才来到人间,以香与你相见。

去年听朋友说,桂花比往年开的时间长,每天上下班的路上,都有桂香相伴。在窗前发呆时能闻到桂香,看书时,书页上也染着桂香,就连睡觉,也仿佛睡在桂香里。

朋友问,为什么桂花开得那么久,开得那么香。我回说,因为桂花干净。

桂花一直开着，香在窗前，香在衣襟，香在念一个人的念里。即使败了，香淡了，没了，但我知道，桂花香，是可以糅进骨子里，描在纸上，也可画在眉上，念在唇间。

因为闻香的人，心里也有一份净。

与干净的花朵交往，人的心，也会跟着清澈一分，清喜一分，洒脱一分，自在一分；不再多计较，更无纷争事，无失落彷徨，无孤独不安。

如此，若是你在一朵花里真的见了一整个春天的美好，你便不会在意两鬓落下的雪；若是你在一杯清水里真的见了一个人的影，你便不会失落没有得到过一个缠绵如水的拥抱。

一生能随缘随喜，从容自在，少计较少纷争，活得干净一点，便是自己与自己的善缘了。

人一生的境界，不过是，做个干净的人，只为了活给自己看。也许，真的能懂的人，心下先是干净了。

所以，就这样简简单单，一生与干净的花朵交往，与干净的云一起行走，然后遇到一个干净的人，留一段干净的往事，在一起老掉的光阴里回首那些干净的画面。

（二〇一七年四月十二日）

春深一寸

有雨敲窗，春深一寸。

雨打瓦青，幽眇深情。人坐案前，清风来信。那就展纸回封信吧，写那些细细碎碎的小美好，字里行间，像有香气一点点润上心笺。

人总有一页心笺香，是由桃红柳绿写上的，是由清风写上的，是由光阴写上的，由一个人宫粉染笔，细细写上的。

敲窗的雨，来信的风，忽念起的人，都是一寸寸的春深，还有字字行行间的小美好，皆是春深一寸寸，也是至善至美的人间情分。

或写一篇清清浅浅的文章，开篇如墨染开来，写晨起时光，煮粥，浇花，打扫，生无限韵味；

中间走笔，或念一段往事，或记起某个人的喜悦，疏密有致，落笔藏雅，点点画画，都让人感觉美好纷来；

结尾收墨，不需多言，把这个春深里，你做得最美的一件事情，一个动作连着一个动作地写，每一个动作都是美好画面，留人遐思。

有香染目，春深一寸。

香绕枝上，缱绻深情。闲翻书页，阳光来访。那就与阳光小酌吧，午后的茶，清心清目，听阳光讲隔世的花事，讲梦中的二十桥月，讲孤山旧亭子，讲百花深处鸟鸣似劝酒。

也许我们选择不了隐居的生活，但也不会生忧虑，生郁怨，我们有大隐心，有小快乐。珍惜的每一分每一秒，都有一种隐居之美，这样的光阴，如爬满温柔的花香似的，因为深情，因为执念，花香不易他处，只静静落在信上，守着三行两行一万行的情分，叠叠复叠叠，珍爱生香，也生来世。

若为女子，在世偶尔做个古代女，三三两两的针线，仿佛足以把一万年的光阴穿进一个针眼，绣出锦绣花香的字，绣出前世的缘今生的情。

日日春深一寸，年年好花时节。

人内心当存这样一寸春。做日常事，爱朴素草木，念往事旧人，提新茶对花饮。

几年前，写过《春深半夏》一文，今再写起，更是感觉，人与草木之情，是光阴里最动人的故事。春深，是风情，更是深情。春深一寸，是要经历整个身体，如我曾写过的，从心底长出温暖的根须，抽出新芽，拔出枝节，托起花蕾，开出花。春深一寸，情深似海啊。

春深处，多草木。而"多闻草木，少识人"，我觉得不论人之长短，且只说草木之深情，就应该多"闻"。草木是画，画不尽美不尽；草木是书，写不尽看不尽。

荷风菊露梅花雪，安得人间春一寸？

我总觉得每个人，都有一个世外的自己。所以我在春日里，在窗前花下，提笔信上，寄去两句。那个世外的自己，不会回答我，他只会每日晨起侍花，暮落读书，微笑不语。但清风会来信，阳光会到访，让我在一日一寸春深里，静听好雨敲窗，静待好香染日，自得悠闲自在。

（二〇一七年四月十五日）

摘云归来

去爬过几次古陌岭,皆在山之顶看到伸手可摘的云,后来便学古人写自题联:人间清风客,摘云归来迟。

虽然既无工整对仗,也无平仄相合,但是又实在舍不下一个字,改不了一个词。愿如清风般活一回,所以每登山,总是感觉身轻如风,自在如风,我便是暂且离开尘世的清风客。终要归来,仍是一般轻,也许捧了花草,也许摘了一朵云,总之归途远,走走停停,迟迟难还。

归途怎么会远呢?又怎么会迟迟难还呢?不过是不想回。

袁枚《随园诗话》里收录一联:云行花荡水,风动草浮山。真是好境界。

云一动花动,花一动水动;风一动草动,草一动山动。如此景象,当是诗人内心的观照,否则哪能有这般好意境。写的是自然,又是人之境界与胸怀。

若亲近自然,得此美意,何其幸。归来时,摘云一朵,挂在窗前,云意绕缭,与室内花草相映照。人坐窗前,或望远而生云水慧心,或翻几页书,云落诗行里,添几多光阴之美。

这样的光阴,是心无杂念,与世无争,自在知足。

我是盼着能做一个摘云归来的人,不论走多远,不论世事如何牵绊,心总有自己的归途。不迷失,守本真,摘得下天边一朵云,回程一山水一路云，自我珍重，又心安自得。

人难能可贵的是，能回到自己的世界里，做一些喜悦事。对我来说，喜悦的事情很多，看阶前一地闲树色，再抬头看蓝的天，幻想摘一朵云下来，于树影里染上点点的白；在午间窗前看书，会时不时看看窗外，总觉得那时我目光柔和，伸手便摘了一朵云，夹在那一页，再合上书，去午休片刻，或修剪花草，自在知足。

摘云，摘的不过是内在坚贞的愿，于俗的尘世里寻得一点点雅的美好，始终清醒，只求清喜，归来时春风仍识我面。

摘云归来，让我活得更简单，让我所愿我所求不多，却又必不可少。我想要山中都有涧水流，花间停着蝴蝶，月色送来一匹白马，云挂窗为帘，素手汲泉烹茶，能有心境相通的友人一起赏花闲谈……

所以我痴迷登山，哪怕仅是生活中普通的山，因为我可以摘云归来；我痴迷于诗词，哪怕就是一行一个词，因为我可以从那里出发，回程一定是摘云归来。

人一生，难免有许多不尽如人意处，奢望之愿，又难成全。哀郁在胸，不如随缘自喜。

所以，我喜欢摘云这样的境界。我每天都在出发，我去了草木慈悲的家园，我到了百花芬芳的深处。我借了明月提灯照亮往事回家的路，我托了清风给风雪夜归人送去一封长长的信。

我把在那里捡了一个小雀巢的山起名叫诗雀山，然后摘了云铺在那个掉落的小窝里，这样《诗经》里的桃花风经过时可以小憩片刻，然后它再出发的时候，说不定会带上我。

我从窗前扯来月色，编织成舟，我在一本诗集里选了地址，明天清晨，便可以抵达白云深处。

而我的归程，不定，但一定是摘云归来。

我是岁月里远去的过客，我也是光阴里摘云归来的人。

（二〇一七年四月十六日）

第四辑

花
摇响铃铛

为了遇见你啊，我曾在每一粒花籽的梦里，都印上你的眉眼；

为了遇见你，我在每一条小径上，都种满春风。

这样，你走来时，每一朵花都认得你；

你经过时，每一朵花都会摇响铃铛。

菖蒲君

　　菖蒲临水,与荷清喜;冉冉蒲叶,与莲共影。小坐一方清水池,菖蒲细碧洁净,与荷花相依,人也得清凉,与事忘忧,与世不染。
　　而书斋有菖蒲,苍然几案间,寂之气,幽之韵,悠然相合。人坐案边,翻书页,读月光,情趣洒然。再于山间行走,总不忘学陆游雅兴,溪头寻白石,回家养菖蒲。

　　办公桌、家里书桌上,十几年一直养着菖蒲。心每烦躁,抬眼看青绿绿的叶子,幽然无语,内心安详。
　　因为甘于清幽,案上菖蒲,宛如君子,澹远清宁,于岁月喧嚣里,脱尘化俗。因此也学着守静,像一片风,落到画中;像一笔墨,游走于一封信;像一首诗,绕在舌尖。
　　从此,走在自己的世界里,不清贫不孤楚,四下都有热闹。花开时看花,寂寂时听风。总觉得,走在一行行诗里,是一种心态,写一行行字,是一种自我发现。

　　喜欢菖蒲,是因为在我眼里,菖蒲如君子——清心静气,内在安稳。
　　以前一直不明白,古人为什么喜欢书案上养一盆菖蒲,到底菖蒲与书,与字画,与文人,有着怎样的深情?
　　水菖蒲,可入诗入画,还好理解。读《诗经》句,"彼泽之陂,有蒲与荷"，仿佛不需多言，在水一方，只要有菖蒲与荷，就是胜景。但养于书案间的石菖蒲，到底寄寓着诗人怎样的情怀？看苏轼诗"烂斑碎石养菖蒲，一勺清泉半石盂"，还有陆游诗"今日溪头慰心处，自寻白石养菖蒲"，诗人的情趣，一株细细长长的菖蒲，就可以寄托，让人生羡。

直到自己养了十几年，几乎每日与之相对，心渐渐澄净而自在时，抬眼看菖蒲，渐渐明白，世间总有一个人，尘垢不沾，俗相不染，愿于寻常风月中，得人生清净地。

见过一个摄影师在博客里发的近百张各地菖蒲艺术展照片，看着那一帧帧画面，古盆碧草，逸韵幽绝，让人仿佛走进了古卷中去——"门墙黛瓦，天井格窗，亭楼绿萝，菖蒲分列其间，百般清姿，千种风流，此良辰好景，蒲君定不负知音"。

所以去看蒲赏蒲的人，一定是菖蒲的知音，是世间清宁的君子。

跟着摄影师的镜头，也终于明白了，花草四雅——兰、菊、水仙和菖蒲之中，为什么有人视菖蒲为雅中之雅，是因为，自古文人雅士"重高雅而不重华彩，重简朴而不重繁缛，重淡泊而不重浓烈"。

而这，正是一个君子的情怀啊。

每年春节前，我都会将那一盆菖蒲细心洗尘，洗的何尝不是还残存于身的一点贪，一点怨，一点杂心，一点杂念。

"水流心不竞，云在意俱迟。"于尘世中，如一株菖蒲，活得清心寡念，不争不抢，不疾不徐，最好，却最难求。所以，时时不忘提醒自己，做一株菖蒲，心不赘物，自得逍遥。

不思前尘，低处开花；不困旧念，高处望远；不悔来路，携山挽水；不贪去日，自静养墨。

如此，书房幽寂，风日清酣，一卷书，一株蒲，一提笔就可以把墨写到老，一念人就可以将一封信开成光阴的画卷。

（二〇一六年四月十日）

发呆

　　在花影婆娑的廊间，在月光婵娟的窗前，在某本书的某一页上，在一幅水墨画中，在一封泛黄的信笺里，最美的时刻，是发呆的时候。

　　我是那么痴迷着发呆。

　　读高中时，有一次一帮同学在讨论各自最喜欢的事。问到我，我毫不犹豫地说，我喜欢发呆。同学一阵哄笑，因为在他们心中，发呆的人或多或少有着忧郁与木讷的性格，我显然不是。

　　可是山坡的整片桃林知道，诗页里的小桥流水知道，一朵云，一树鸟鸣也知道，总有一天，我会成为一位诗人，因为我喜欢发呆。

　　直到如今，也没有多少少年时代的同学知道，我喜欢舞文弄墨。我没有成为一位诗人，但我写给岁月，写给草木深情的信上，那些美好的事物，美好的时光，就是我写下的一行行的诗。

　　我总觉得，那些古诗都是诗人发呆后写下的。

　　"清泉石上流""人闲桂花落"，若不发呆，怎么会痴上这简单的事物，这纯美的时光？还有那相思，不发呆，怎么就"相思只在，丁香枝上，豆蔻梢头"？

　　还有那些画，一枝荷，或一条小巷，你怎么就一看一发呆，恨不临水赏荷，与一人牵手从那江南小巷里走一走？我想，那画上的每一缕颜色，每一笔线条，都是画家发呆后的杰作。

爱也是一件让人容易发呆的事。你对一个人，每一动念，一发呆，就是爱了。

某天和一久别重逢的朋友小坐，她回忆起她的爱。那时他一直对她百般好，但她仍无动于衷。一天，与他约在火车站边的咖啡店见，因为她要调到分公司去，想让他断了念。

急匆匆地赶来，透过玻璃窗，她看见他正对着手中的一小束花发呆。她一愣，心里突地柔软起来，就那样站着，看他，一直看着。

她说："那时看他，那么美啊，美得不像凡人。怎么，一个人就那样对着一束花发呆，就这么好看呢？"

最终，她放下行李箱，坐在路边长椅上，一直看着他。那个黄昏，她错过了火车，却没有错过爱她的人。

她告诉我说："他就那么安静地等我，不管我迟到多久，他都静静地看着眼前的花。我想，如果将来，我们老了，我先他而去，他也会这么美好地看着一束花，想念我，在花香里，静静地，美好地想念我。"

美的画是能让人发呆的，只那么一眼，人便仿佛掉进画中。

人在画中，或溪边，石上，或桌旁，花前，小坐，就那么须臾小坐。身边，云在飘着，风在吹着，花在开着。

好的文字也该是能让人发呆的，能将你带到想去的地方。如此写下的文字，才不枉在岁月的某一页上，或抽枝条，或开花，或如窗挂月，如山出云。

美好的人也定是能让人发呆的。

忽然之间，他的一句话，一个眼神，悄然带走你，去到从不曾去过的地方，恍然如隔世。所以，我最美去处，是发呆时，不知不觉，去你的心里。

（二〇一五年七月七日第一稿，二〇一六年四月二十九日第二稿）

月上忽看梅影出

你的出现，像一首小令。

你带着一身的月色来，你开成梅花，以暗香抵达我的书页里。

在那个月夜的深处，我以一尺的木简，把一段光阴拉长。唯有你，可以让岁月把一段笔墨，写到情长处、情深处啊。

如此，每个夜，仿佛对着你，对着窗前的花，花下的月影，对着窗外远方圣洁的山川草木，将一尺牍的笔墨，诉诸你听。

有雪落在窗前，有梅花开在案上。

你幽秀俊俏，我可能正好眉目清爽；你眼如银杏，我可能正好目含秋水；你唇红齿白，我又在正好的时候白衣胜雪——又正好铺开一尺的简，将心中的一卷，铺成山水。

除了爱着草木花月，除了爱着你我之间的光阴，还能有什么是我愿意铺墨，将一段江南的水乡，移到我的北方，有月的夜，月上忽看梅影出。

某个美好的下午，阴着天，我在等雪，在等一枝梅，悄悄地开到我的书桌上，开到我的眉，我的眼，我的心上。

一直到晚上，无雪，也无月。但等待，是美丽的。这时，你会说，今晚心里有个圆月亮。

甚至会忽起一份惊奇与惊喜，都到下雪的季节了，感觉很突然，好像昨天还是春天！

是的，就是如此突然。这说明你心中藏了一个春天。

其实，有月色的雪夜，正好开了一朵梅，悄悄地、安心地开着，慢慢地开着……

开着开着，就离春天不远了。

在一片月色里，我知道，我忽然看到的，是你贞洁的梅影，不离不弃。

有梅的冬天，就像有你的光阴。

你研磨，你红袖添香，你将旧时月色安安稳稳地派到我的书桌上。

我只愿起居言笑，用尚未沧桑透的手指，翻点往事里最旖旎动人的一章；用尚清澈的眼睛，看梅花开好的一卷。

我是任绮丽的想象，收留那些我在尘世里迷路或走失的词语，以美好的愿，逐词逐句地回到你身边。

一朵梅的身边。

（二〇一六年十一月十四日）

静缘

今天去了我常跑步的山路、海边，虽然时间并不长，只是随意走走。但人的心，是需要这样适时放空一下，就那么随意走走。

去了林海公园，一大片一大片的松，也见不到几个人，走得很静。

空山之美，大概就美在你一个人的时候，因一份静之缘，你知心之去处，也终会走到人生善地。

林中有一处院墙，江南风格，墙边有竹，风吹来时，竹影上墙，竹声入耳。

人在一边闲坐，那影，那声，就上了心中。

还有一处睡莲池，不大，叶已蔓延开来，墨绿，有几枝花，已悄然探出头来。

池一角无叶，空着，只有清的水面，如镜般。所以，照得见高耸的松树影，那影落在池里，非常美，看着，恍然间让人误以为在世外。

海边浪大，人不多，找处岩石坐了坐。

浪，一卷一卷地涌来，沙滩上写下的字，已被浪花寄走。看着远处海面，我想，这里是个浪花车站。思念在此上车，去到美好的地方去了。

静静地与自己相处，人生难得有这样一份静缘。

走走这平常的路，对小山，对平常草木，说说我心中的喜悦，告诉它们我心中的秘密，它们都是老相识，听一句笑一下。

（二〇一七年六月十日）

邀一段光阴，约一个故人

有一年，所在的小城大搞绿化，丢下许多粗劣麻绳。我捡了很多，带到一座荒山里，那里有很多枯木，无人管。我想用那些枯木搭个小亭子，然后想借麻绳缠绕出点世外的韵味来。

搭建不是个简单的工作，因为没有太多工具，要完全借助枯木的形状，很难做好。最后只搭建了一张桌，东倒西歪，而且没有椅子，我只好站在桌前，有些失落。

这时，我想我若带一套茶具摆上去，那不就别有情趣了吗？

满山的风，吹着树叶，野花在一旁自顾自地开着，一壶山中茶，自有人生况味。

哪怕只放一只碗，露水会来，月光会来，说不定，还有一瓣花落了进去。他日，有人经过，站在一碗花的桌前，不能言语，却心生美好的怀想——也许会成为他一生耐人寻味的经历。

拥有这样一段光阴，我们从此便成了岁月里不曾见面、但美好的故人。

"故人西辞黄鹤楼，烟花三月下扬州。"

越老越喜欢李白，这千年的丽句，这诗意的送别，怎么不叫人欢喜呢？

一树的花暖,张开翅膀,一朵飞出一个春天。

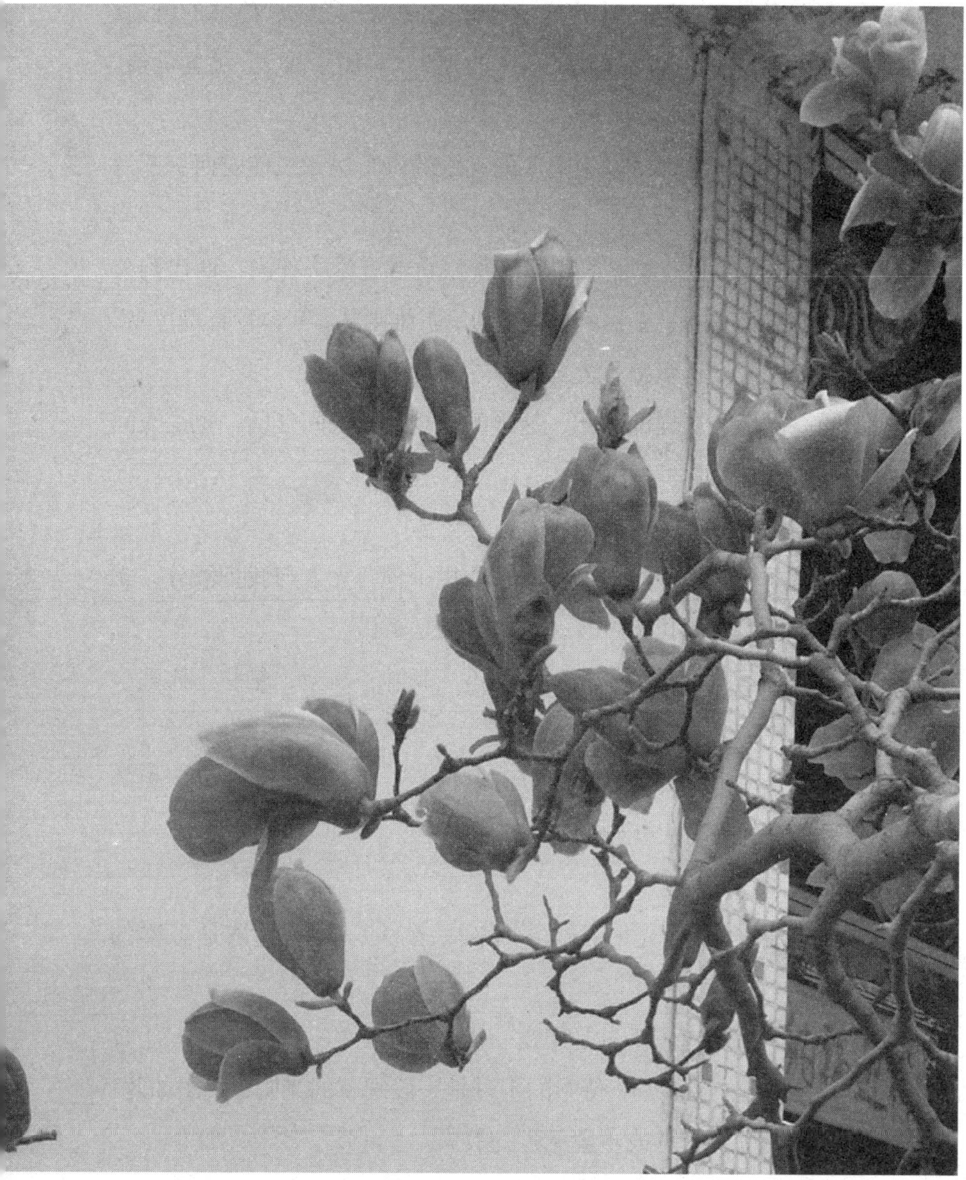

辞别不带凄凉意，孟浩然此行，从此也成为一段后世传唱的诗话，更是一幅曼妙的诗画。这段"烟花三月"的光阴，只属于故人，绮丽深情。

而"信手拈出，乃为送别绝唱"的王维的诗《送元二使安西》不得不说其绝妙天成。

"渭城朝雨浥轻尘，客舍青青柳色新。劝君更尽一杯酒，西出阳关无故人。"李白是辞别故人，送到繁华之地；王维则从"客舍青青柳色新"之美景中送走故人，其恋恋不舍之意，一景自生别绪。

一浪漫一深情，这样的光阴，这样的故人，是人间佳话，也是人间传奇。

听到刘莱斯名叫《浮生》的歌时，心里一惊：无人与我把酒分，无人告我夜已深，无人问我粥可暖，无人与我立黄昏。

惊的是，这落寞，是捡了枯枝，绽不出新叶；是空，是整个人整个身体整个灵魂，空荡荡的空。

这空里没有一段旖旎的光阴可回味，没有一个人，没有可怀想的人，更无可依靠的人，去抚慰内心去念想过往。

如果缺了那么一段光阴，少了那么一个人，人一生该是怎样的苍白？

我想在山间搭木屋，不过是想邀一段好光阴，约一个旧故人。于日常里，读书为文，种花煮茶，侍奉的不过是一段细腻的光阴，我想如此，总会于某一天相逢一个见或不曾见过的故人。

在我长长的岁月里，我是那么想邀一段光阴，约一个故人。

想邀一段光阴，去走长长的路如走没有地址的信笺，翻过山如翻过那些年紧蹙的眉头，涉过水如涉这些年清泠泠的眼神。

去往事的坡上种一棵桃的眉眼，眉眼里全是你；去途经的红堤边栽一棵柳的倒影，倒影里又添一双旖旎；去挥别衣袖的桥头摘一朵云，云中会有未寄锦书，隔着光阴再看，也许别生滋味。

想约一个故人，回到很旧的旧时光里。去看走过的街道，去寻往事的路口，走累了，就找一个老地方，一杯酒，一盏暖茶，坐看落霞。

回程摘云归，我斟月色一杯，你倒花影一盏，尘世的忧伤，我们揩云以慰，美好同行。

（二〇一七年四月二十日）

我的早餐是一碗花

今日晴好，我的早餐是一碗花。

这句话是我在《一生看花相思老》一书里的配图文字，图是我前几年拍的一碗花。我一直想为这一碗花，写点文字，哪怕只一行。

那时，喜欢用碗盛花，当然盛得最多的是蔷薇。对蔷薇有独爱，是因为住的地方，满墙满篱笆都是。

那几年，生活很不容易，感觉从家出发，走出去的每一步，都是走在刀刃上。所以回来时，总想把一身的疲倦，一身的不堪，扔在路上，让我干干净净地回到家中，给家人灿烂的笑容。

可是真的能扔得了吗？

不能。但一路上那些热烈得毫无杂念地开着的蔷薇，却慢慢带给我一份平静。

能让我平静的，除了山川草木外，还有那些朴素日常里动人的美。比如早晨的一碗粥，比如夜里的一页诗，它们是我平凡生活中，最迷人的细节。

每天早晨，最喜欢的事情就是，不需匆忙，侍弄花草，三五分钟，花气照人。

然后坐下，吃简单的饭菜即可。一碗粥，一碟小菜。其实，我曾经一直很少吃早餐，我甚至拒绝吃早餐，拒绝一碗简单的暖粥。越是简单的事情，越是得不到时，心会悲凉到底的，便索性永远不要。

但依然喜欢在花草前，理理花枝，闻闻香。
那些年，我的碗空着，但幸好，还有花香为粥，果我饥饿的腹。
我看着当时拍下的那碗花，一直想题一句灵魂深处的句子，却一直未果。后来想到我那空着的早餐之碗，会心一笑。
我的早餐，是一碗花。

古人食花，是雅兴，更是文坛雅事。
还记得很多年前仍是懵懂少年时，读屈原"朝饮木兰之坠露兮，夕餐秋菊之落英"，很好奇，有一次便尝过一瓣花的味道，小心翼翼的，偷偷摸摸的，生怕被人发现，如今已不记得那花是什么，又是什么味道，唯记得那时内心小小的惊喜。

清代袁枚可以说是食花成嗜，他春食玉兰夏食荷，秋食菊花冬食梅。
我们无法像古人一样，将生活一日一日地过成诗，但在我至平常的日常里，我动过这样一念，将一碗花奉为早餐，便觉得心里多了花明玉净，灵魂里也有了花香的味道。

甚至觉得，这一碗花的早餐，会酝酿成为生命里的花籽，在身体里开花。
好花开在好季节里，人也是一样，都有自己的季节。
就算是寒冬天气，仍有一颗饱满的心，仍有温暖着自己的一粒花籽，在人生的春天，自然就会开花，一开就要开得热烈。

后来的生活，总喜欢用朴素的碗，盛放我的花朵。那是我每一个早晨，精神的早餐。

今年春，因为一场雨，杏花落了一地，看得一眼凉，一心凉，我不停地拾啊拾。后又拾玉兰。

雨打杏花，落了，即使一瓣瓣，仍是初心颜色，玉兰半凋零，带着几许残相，拾了，放于小碗小碟里，日日相对。

深夏，又渐入秋时，花事已老，楼下有菊，不知何时开。

我后来也种了一点，为的就是，到了秋天时，万花萧条，我的碗里，仍有花香。

我知道，我与一碗花，是日常里最朴素而净美的约。

我相信，一只碗，能盛暖粥，也能盛下我们一起养的花朵。那些花朵的香，是可以润心的，也是可以喂养我们的浪漫的。

也许，我们因此还可以从花的一瓣里出发，迎向花光明媚，走进百花深处。其实，就是走进我们内心柔软的部分。

于平常粗粝生活的外表下，因为这样一碗花，我们的光阴变更温润，内在也更丰盈饱满。

（二〇一七年四月二十四日）

竹夏

在一小园里，听竹风。

竹新绿，立夏后更显苍绿，有风来，便生清凉境界。思绪也染上了绿，染上了凉。

水浮鸭绿，柳摇鹅黄，春时仿佛刚过，曾坐窗前想写写春的颜色，想到这八个字，会心一笑。本想着春天多去"采"一些颜色回家，桃红草绿，将家具、书架、茶几都染上春的气息。

可是一转眼，夏就来了。所以当窗外夏未到深处时，人便急急地钻进竹园。

每到夏，最喜欢做的事，便是能在竹园里小坐，或看书，或静思，或者干脆就是听竹风。

"凭阑半日独无言，依旧竹声新月似当年。"

我想"无言"二字，才是这两句里最妙的。因为无言，才能见日月，见流年日月。自然也会生诸多感慨，回想一二。

风过竹梢原来那么美。

静坐时，听沙沙如脚步声，有人来的感觉。竹梢先摆，相互摩挲，细听又如乐曲，不知是谁弹起的。竹若有记忆，可会记得当年有人在这里弹过什么？

于是我在竹风乐曲里，也感觉心弦被人轻轻一拨弄，便哗哗地流出一地曲子来。

有的音符滚落到一边，欢腾着，钻进竹林间，也可能再也回不来，明年会长出一枝竹来吧。

在小园里听竹风时，我想到这两个字：竹夏。

若有世外素斋，起这名，附庸了风雅，也确实安顿了身心。想想燥热的夏日，房前屋后，有竹数丛，虽然比不得竹海幽深，但也是竹风引凉，也引鸟鸣如流水，引路过的人，投几缕喜悦的目光来。

若是有缘，自然也会引得清风客、奉花人来，那便更美了。

一夏有竹，养神姿，养潇洒气。

竹在古代有着至高无上的地位，"不可一日无此君""宁可食无肉，不可居无竹"，换作我，把竹坐老，把风听老，也想不到这样的境界。

坐在那里，只知其好。好在哪儿？好在满心欢喜。满心欢喜啊，一夏的热，竹收了去；一夏的躁，竹抹了去。

古代文人墨客视竹为友，以竹为伴，爱之痴之，写之画之，我们现在写这些雅事，也是写不尽的。让人惊艳的组合就有晋代的阮籍、嵇康、刘伶等竹林七贤和唐代孔巢父、李白等竹溪六逸，诗句更是多，王徽之仰天高吟的那一句，王维的竹里馆，一想起就让人动心。

所以，自古至今，不论是庭院，还是居家，可以说"无园不竹，居而有竹"。想想一整夏天，热浪一波波袭来，而"幽篁拂窗，清气满院；竹影婆娑，姿态入画"，是何等的清凉世界啊。

崇山峻岭，茂林修竹，确实是美。每次看到有人拍照，密竹小径处，那么一站，一坐，竹绿，人微笑，就觉得已是最美了。

所以，我后来又想，竹夏，也许是一个人的名字。叫这样名字的人，一定也是一个可以带给人清凉的禅者，说的话、做的事，都似竹，引风引清凉。

而我们每个人，也该有这样一个名字，能在酷热的人生之夏里，修身为竹，更修心为竹，得清秀风姿，持宁静心境。

如此，心田之上，"十亩之宅，五亩之园，有水一池，有竹千竿"，日影清风，月影花色，坐竹而享天籁之美；如此，一生的笔墨，"写取一枝清秀竹"，写给光阴，写给心上人，清心有风姿。

（二〇一七年五月二十一日）

童年的河,深一丈,宽十丈。对诗人来说,是一丈蓝十丈绿,好风好水。后来我从岁月深处回来,河瘦了,光阴原来是个饕餮,不知由谁饲养。

致虞美人

你，应该住在幽谷。

山静日长，幽微杳渺，你绝了尘，独自开得凄婉巨丽。只有去俗远器的人，才能来寻来赏。你不在意秋风蕙兰，如何看你执念如火，你在晚春薄了心，在初夏又红了念。

你的念，是一唱三叹，是一弦弦的往事一弦弦的话别依依。

汉兵已略地，四方楚歌声。大王意气尽，贱妾何聊生！

遥想当年，西楚霸王困于垓下，兵孤粮尽，四面楚歌。虞姬一曲唱罢，拔出项羽腰间佩剑，向颈一横……不需要电影式的画面渲染，不需要看虞姬有多么不舍的表情，只这一个动作，不负一场英雄与美人的旷世之恋。

后来虞姬的墓上长出一种草，花似血染，无风自动，似美人翩翩起舞。为纪念虞姬，此花从此被世人叫作"虞美人"。

有机会一定要看一株虞美人的开放过程：花蕾初绽，萼片脱落，虞美人便惊艳出世，随后弯着身子，直到长茎擎起花朵，无风自摇，绝艳、空灵。其花瓣质薄如绫，洁丽似绸，看上一眼，便仿佛看到一个人心头炙热的念。

再也没有一个名字，如"虞美人"这般，让人一念起，凄伤而凄丽，能唤起人心中无限惆怅的美；世间再难有一个人，能如虞姬这般，让人心生凄然，情难自抑。

其实虞美人还有别的名字，比如丽春花、舞草。读虞姬的故事，往往在唏嘘伤怀之中而生无限痛楚与联想，盼这样的美人，与英雄一起退隐终老。

这样，虞姬就是一株丽春花，或一株舞草，开得芬芳惊艳，舞得英雄折腰而笑。

当然项羽与虞姬的故事，只能以凄美收场，世世传唱。也正是因此，才有了词牌虞美人。南唐后主李煜的一首《虞美人》，也是让人吹嘘不已，一句"春花秋月何时了，往事知多少"，让人哀婉悚动。一个亡国之君，一生的笔墨之愁，真是"作个才子真绝代，可怜薄命作君王"，这便让"虞美人"徒增千愁万绪，挥之不尽。

曾在僻静处、幽深里看过你，一户人家，房前屋后几棵老槐树，一面上了苔绿的墙，前有一小院，小院前便是山，你就住在那里。

我从坡下来，见你的那一刻，如同从繁华里一脚踏进世外。清风拂着你，你拂心眺望。

也在楼下喧闹小区、栅栏里看过你，一株二乔碧桃相伴，满架蔷薇相随，几丛不知名的小花相望，你在日光里开着，在月下开着，你听风吹皱岁月，看月印万川。

怜之惜之花，世间只有你，虞美人！

你有惊艳的一生，你吻过英雄的剑，你唱过世间最凄美的歌。

这个世间，只有一种"艳"，是那么纤柔、洁净、淡雅，让人心生怜爱，便是你。

这个世间，也只有你的"艳"，是坚贞是守望，是为一个人展颜巧笑，弄衣翩跹。

这个世间，也只有你的"艳"，是旧时红，一年红过一年，带着沧桑与苍凉，却不悔。

我知道，虞美人之艳，不为惊世，那是它孤绝、坚贞的心。它是擎着自己的一颗心在开啊！

虞美人，你开在历史里，你开在英雄与美人永生永世的爱里，你也开在词牌里。可是种你的人，心中都有幽谷，愿你在尘外之外，为一个人开得寂静安然。

因为你是历史尘烟里，坚贞的肃烈心，所以你抛了流年，风骨飘举；因为你是山水册页里，往事的寂寞红，所以你开成词牌，吟唱至今。

虞兮虞兮。

（二〇一五年七月八日第一稿，二〇一七年七月十三日第二稿）

致凌霄花

少年时，不识凌霄，却爱凌霄。

凌霄花开在诗人舒婷的橡树上，攀着高枝，看着一株木棉深情的爱。或许因为叛逆，感觉"凌霄"两个字，那么凌厉，孤独。

有什么能高于云霄呢，除了孤独，还有什么？

自此，便认定凌霄花，是孤独的王。带着孤傲，决绝，甚至带着傲睨自若的眼神。

走过了少年，很多年后，突然撞见一墙的凌霄时，竟然眼睛一热。有片刻感觉心停止了跳动，又突地、猛地，一跳。

——我看到的是那个少年啊。

凌霄花并不独特，甚至称不上美，花厚，如喇叭，有些俗气。但满藤的凌霄在一起，橙红橙黄，相牵相持，攀在最高处，擎着一种信念似的。

七月开始花事已不多，至八九月渐渐只能享受盛大的凋零之美。

凌霄花一定是七月的传奇，八九月的神话。

其实六月中旬凌霄就开得满藤都是。今年偶遇一栏，在一偏僻地脚，栏杆上蓬蓬勃勃，惹人欢喜。

在藤枝的阴凉处小坐，看到凌霄粗老的干，想起看过的紫藤老枝。

那种老，看了是会让人心生悲悯——怎么会老成这样，老得这样老？

过了七月，这个城市里的花已不多，月季、蜀葵、黄花萱草最常见，要看荷花，需要寻找。凌霄便成了一景。

一直那样开啊开，开到八月又九月，一直热烈着，从来无悔。

我搜了古人写凌霄的诗句，才知道，凌霄花在古人笔下，原来有如此高的地位。

清人李笠翁评价凌霄花说："藤花之可敬者，莫若凌霄。"李笠翁为什么认定它是"可敬者"呢？因为觉得它是"天际真人"。

宋代贾昌朝赋诗赞曰："披云似有凌云志，向日宁无捧日心。珍重青松好依托，直从平地起千寻。"

原来，竟与我不识凌霄的少年一样，欣赏那"高于云霄"的性格。

炎炎红日里，凌霄竟然能开在最高处，墙的最高处，枝的最高处，难怪白居易称其为"拂云花"，若非有"孤标"之性，真是难有如此之境。

我为我的少年，那么孤傲地喜欢过凌霄花而感动、而欣喜，继而悲喜交集。

不得不提诗人舒婷的名作《致橡树》，少年时惊羡那"我们分担寒潮、风雷、霹雳；我们共享雾霭、流岚、虹霓"深沉炙热的感情。

但少年，更多的是孤独。那种无人分担、更无从共享的孤独，是惆怅的，是阴郁的，是寂凉的，带一点自怜，又带一点自傲；是野草，疯长孤独的头颅；也是黑夜，无边无际，张开寂寞的空空的怀抱。

就像第一次知道凌霄花，感觉它的孤独，在云霄之外，没有一棵橡树的分担，没有一株木棉的共享，是孤独的王，正如我的少年。

于是，我去寻找过凌霄花。以一个少年的孤独，寻了又寻。但小城无凌霄，也许它住在乡下荒野，它住在自己的节气里。

我还是孤独地走过了我的少年。

后来,直到很久以后的后来,凌霄花唤醒了如今的我——原来,我的少年,曾那么那么爱凌霄花,也就不孤独了。

我想,正因为孤独过,所以现在的我爱着自然的一切,爱着一切细小的美。

很欣慰,多年后与凌霄,多了亲密之语。与它说起一个少年,心拂了云般,轻轻与过往言和,说声:再见,少年,再见孤独的少年。

(二〇一五年七月十五日第一稿,二〇一六年六月十一日第二稿)

日染一瓣

哪天不写作，就会觉得灵魂薄了几分，会觉得整个人缺失了一角。而每天写啊写，又总觉得怎么也没办法将自己写圆满，所以更加努力地写。

写作对我来说是命，是生命的命，也是命运的命，更是使命的命。一日一日，一年一年，从没有生厌生烦生苦闷。你看那些花，一天天地开，一年年地香，它们也从来没有觉得单调。

所以，每天都会抽时间写一点，不论多少，不论好坏。仿佛只有这样，时间才没有被虚度。如此，总感觉我手中的时光，是有香味的。

花，在内心一定愿意一日开一瓣，一直开到满心欢喜。时光也是这样，被你喜悦着的时光，也是日开一香，从容而美好。

《帝京景物略》里有一段，我特别喜欢："日冬至，画素梅一枝，为瓣八十有一，日染一瓣，瓣尽而九九出，则春深矣，曰九九消寒图。"

画一枝素梅，本来就是好心境。想那冬深未春之际，你在窗前，或梅花山上，执笔而画，画得那梅花一瓣瓣香满身。而且还要画上八十一瓣，又要日染一瓣，坚贞而深情，一九二九三九，一直到七八九，染好每一瓣，也就染到了春深处。

如此的深情，一定不是尘世人。他是可以以画为年、又能深居简出于尘外的隐者。

在此之前，我只知道"消暑"，从不知还有"消寒"一说。现在想想，日染一瓣，该是多么美的心意啊。

我们难免也会经历人生的寒冬，若存了"日染一瓣"的心意，从从容容，以美好的愿去"画"，何愁消不了寒，何愁画不出自己的春天。

以前在老家集市上遇一卖藤篮、藤筐的老人，他摊位很小，孤零零的。与别的摊位不同的是，他的篮子筐子很少，在面前整整齐齐地摆了两排，置于一块干净的大麻布之上。篮筐之间，点缀着三三两两的干花束。别的摊位自然是常见的模样，篮筐满摊，乱堆乱放。

同样是柳条编制，我所见老人的，却别有一番韵味，篮筐虽拙朴，却总有他匠心独运的设计，有的用细条编上一朵花，有的编上一片叶。

与他交流时，他说他快编不动了，眼睛花了，手也不听使唤，八十好几，却还是舍不下这门手艺。他说这四五十年里，他一直在与这些篮啊筐啊打交道，感觉每天都在编。

我问，就从不厌烦吗？他说，就是喜欢，没想过。

这位老人，编的是篮与筐，更是花啊。在光阴里，他也是"日染一瓣"，馨香至老。

如果除了花以外，还有什么是一瓣一瓣的，那一定是光阴。

光阴是会开花的。过素朴相安的生活，你的光阴会开茶香；一生行处自生风，你的光阴会开莲花；遇冰天雪地内在持有疏影暗香，你的光阴会开梅花。

你所珍爱的每一寸光阴，都将在你的生命中开出一瓣花，在你的灵魂里染上一瓣香。

当然，人的一生，不可能总是姹紫嫣红，某段路上，难免凄风冷雨、冰天雪地，这时，我们最需要的，便是"日染一瓣"的美好情怀。请相信，光阴会赠你香茗和花朵。

还有书页，一页就是一瓣花，就是一瓣香。翻一页书，写一页字，平平常常事，日染一瓣，染得一室墨香。想想那将是多么美啊，一页花，一页香，一页风，一页月，一页你，一页我，光阴装订，墨香成册。

（二〇一七年四月二十五日）

斋心相见

有人在春天的路上写诗,你经过时,会看到四五家烟村,十二行白堤红柳,尽处院落篱笆载风十里,小桃初发。

直到烟披霞,月垂枝,诗人摆茶不语,夜香满盏,而山钟静流水,斋心相见,你正好带了野花与芳露来。

那些珍爱春天的人,走过的路上,每一个脚印都能生发一首小诗;那些将日常钟爱的人,看过的每一处景,皆是一卷山清水朗花好月圆。

因为怀有一颗斋心啊,如此的"相见",是幽兰见空谷,白云见远岫,明月见二十四桥。

斋心,意为"祛除杂念,使心神凝寂"。我觉得还有另一层意思,守一方心斋,知世事冷暖,而始终愿意宽厚仁爱、包纳、理解,且随缘随喜,清净自在。

斋字一为"屋舍"意,常指书房、学舍、饭店等,如"书斋";二为"祭祀前或举行典礼前清心洁身",如"斋月"。

所以,人之斋心,应该是先能在心中设一斋房,不管是书斋、茶斋,还是聊斋,先有了容纳之心,而后每一日也似修为,清风能洗心,明月亦能洗心。

一个人洗净了内心,他便如山野流泉,远山流云,若欲与一人见,自然见的便是一分清澈。

　　人生若有一页喧哗，翻过去；有一页争吵，翻过去；有一页计较，翻过去。翻到清净地，翻到清心处。

　　愿在尘世，怀一颗斋心，不是简单事，但也非不可为。

　　心柔软了，寒冬可破冰；眉目明媚了，一花一草皆是世界美好容颜；手指温柔了，每一天都是光阴的书信。

（二〇一七年五月二十四日）

唐牵着宋，魂牵着魂

水白映堤柳，草绿掩诗行。

在窗前展纸，酝酿，一笔一笔写上两句诗，想寄给你。没有其他言语，我只想告诉你，我窗外的季节。

窗外的季节，仿佛是一个古老的年代。柳摇细雨，草绿山径。恍惚然间，好似被拉回唐朝，或宋朝。这种恍惚的感觉，像是一场缘，你终于走来。

即使我在唐，你在宋。因为这场缘，我从唐来，你从宋回。你不写词，我便赋诗迎你归。

然后请写诗的清风来，请养花的白云来。携诗来的请慢行，提花篮的请留步。我们要把一行一行的诗垄锄好，把一方小园搭好。

这样，你们来，有诗可种，有花可戴。

如此，我才可以心安地，在自家的一方小天地里，心无杂念地，等着，守着。等枝抽花，月色送来白马。守着一页空白诗稿，守着光阴里一方墨。

茶温过一壶又一壶，清风备了一页又一页，花香叠了一沓又一沓。

这样的情景，好像回到古代——书生乘着月色而来，如骑白马；女子低眉迎去，如入画中。然后走进那一页诗稿里，花掌灯，香设宴，共赴前尘一场缘。

我知道，光阴总会厚待我，将那些微薄的念想，在岁月深处以素以静，开成花儿。

清晨第一缕阳光是花，开在最美好的人身边；轻轻的如一个梦般温润地吻是花，开在最美好的人的额头上。

黄昏是一朵花，宜与一个人在堤岸。在水边的堤岸，见柳绿，柳摆，见远山看不见却知是草在生绿，生一行行的诗。

那将是多么美好的事呢。你弃了繁华，我抛了尘世，以相等的灵魂，于日常，或于诗里的日常，把一个日子过得平实，又厚实。

我想告诉你，开花的天气里，白云牵起了诗行，路牵起了远方，我想牵着你的手，牵出我们每一个日常里的芬芳。

走在堤边，走在柳边，但一定会走在诗行里。

一定是有前世的缘，清风摆柳，草绿藏诗，而我在白云路上，看见你的笑。

总有一天，会老去，会回首往事。也许是在一架秋千上，你坐着，我摇着，花开在一边，一起回首往事。

回首往事，最美是看到你的笑啊。你的笑，是一枚印章，深深地印在心笺之上，为光阴的故事，深情地落款。

所以，我走过的路，总是水白映堤，草绿藏诗，唐牵着宋，魂牵着魂。

（二〇一七年五月二十五日）

心上一杯茶，对坐无别人

看过一个报道，讲采茶人的。采的是绿茶，整个过程，杀菁、揉捻、干燥而成，采茶人的表情，安然美好，仿佛是世外高人，自性中散发着芬芳之气。

我知道，那个过程，他的心中只有茶。茶叶的绿，茶叶的香，是来自前世的，所以采茶人眼中才会有虔诚的神色，又如此投入，如此忘我。

自性的人，像茶，清香又久远久飘香。

想想古时，为一盏茶，要到山里拾柴，茶未煮上，香已飘起。那香是一种太美的感觉，你抱柴归，小小的怀，抱着大大的柴，把尘世拒绝，把繁华拒绝，留着心上茶火袅袅。

喝茶人自当珍重，回你以真情：留着心上一杯茶，对坐无别人。

不邀李白，李白去了花间一壶酒；不约王维，王维去了幽篁独坐里；不请贾岛，贾岛去了云深不知处。

独独你来，独独眼中再无别人。

明代徐渭有饮茶十三宜："茶宜精舍，云林，竹炉，幽人雅士，寒霄兀坐，松月下，花鸟间，清泉白石，绿鲜苍苔，素手汲泉，红妆扫雪，船头吹火，竹里飘烟。"

是很让人神往之境界啊！同是明代的冯可宾，曾在《岕茶录》中提出适宜品茶的十三个条件，还有许次纾，在《茶疏》中提出了"宜于饮茶二十四时"皆好。但更喜欢徐渭之意。因为他所提之"宜",诗意惹心,仿佛心上有个人,与我相宜对饮。

心上有这样一个人,该是多么美;心上有这样一杯茶,该是多么香。

心上该有一杯茶,否则世间的烟火煮给谁看。

对坐该无别一人,否则尘外的烟云飘给谁看。

心上那杯茶啊,是那个人的心性,那个人如清泉水的心性,是那个人相闻尘外再无尘。

对面那个人啊,是回你以真心意,那个人如茶煮沸紫碗边,与那个人相依一唇又一齿。

(二〇一七年五月二十六日)

花摇响铃铛

花摇响铃铛的时候,你来了。

写下这一句,心中全是花声,一声,两声,一百声。

为了遇见你,我在手心一画一画,写好你的名字。你的名字是春,是夏,是秋,是冬;是白露,是霜降;是霞初,是鸟羽,是桂花酒;是素,是静,是初见;是月色摇醒的花影,是相思滴下的绿,是大地上最温暖芬芳的秘密……

你来的路上,小字红笺,挂满豆蔻枝梢。

从此,心中画卷徐徐展开——山中岁月,流水琴弦。风弹松声,月拨花影。寂静草木,眉生欢喜。琴瑟在御,莫不静好。

从此,每天都有花,摇响铃铛,将花色摇上你颊,花香摇上你眉。

世间的缘,性如冰之清、玉之洁,求不得;却又如芝兰在野,菱花在潭,是偶遇,更是恩遇,是千载一遇——像你遇到一首倾心的诗,遇到一个面带蔼然的路人,遇到街角某家店里传来的熟悉的歌声。

像你来的时候,花便摇响了心中的铃铛。

因为你守着二十四番花信,行过三百六桥春色,只为了遇见那个能让你心中的花摇响铃铛的人。

所以,他是幽涧鸣泉之人,他是花间丝竹之人。

所以,心中一声响,花一霎开,是天然逸响,响在你温柔的眼神里,响在你绵绵甜甜的气息里，响在你眉间，唇边。

终于，花摇响铃铛的时候，你来了。

我们约好了，花开的时候，我们在花下坐，花开到老，我们也会坐到老。想象我们像植物一样，话不多，只彼此绿着，红着，像一场春天的宴。

一个眼神，一句温婉的话，清风花香里，好似有人摆桌，奉茶，端酒。我们能看见，山水寻心的人，红红紫紫十里长亭外走来。

在这一场人生的宴里，我好想告诉你——

为了遇见你啊，我曾在每一粒花籽的梦里，都印上你的眉眼；为了遇见你，我在每一条小径上，都种满春风。

这样，你走来时，每一朵花都认得你；你经过时，每一朵花都会摇响铃铛。

为此，我将古老的诗，唐诗三百、宋词三百，叠加进我一千一万个魂里，最终又归于，一个草木人间，一个你。

（二〇一七年五月二十八日）

六十岁的你，亲启

有鸟在窗外叫，桌上菖蒲，依旧悠然，澈如清骨。

很久很久以后，也有这样一个五月，渐入夏，沿街蔷花照眼，鸟鸣如流水，我们相视含笑。

忽然想学古人，插玉簪一支，缀幽兰二朵于你，细细做，皆无语，面容宁静，你发如云，唇含笑有兰香。

然后，说起长长的光阴里，你来时，蔷薇正开，那美好的一帧记忆，一定如蔷薇一样，那么寂然清然地开，开到热烈，一直葱茏到夏。

我在夜灯的街上，寻你来时我看到的那一朵，折枝回家。

从此以后，世上再也没有一枝蔷花，如你来时，开得那样美。

每个清晨去推窗，让阳光进来。

给花浇水，若有叶落捡起，置一旁花碗中；整理一下窗台上我乱放的书，随手看几行；清水洗脸，动作慢，用一块淡香手工皂，毛巾柔软。

若是冬天，也这样做。也推窗，也清水洗脸。

然后吃一碗暖粥，与你温柔说笑。

珍贵的一天若过去，就过去，我在其上，描了一枝绿，你勾了一朵灿灿的花，你一语，我一笑，就把一页光阴的花笺写好。

还会一起去山间走走，看看野花，小水；或定好行程，说走就走，也许是旧地，已寻不到两排脚印，但光阴的历史中总有山水册页，几分潇洒几分稚嫩地写着给你的诗句。

已不需开卷读书，到这时，真是一山一水草草木木皆是字句生香，你的笑，我的眼神，早就注入文字的清流。

平平常常日子里，于窗前时，就着月色，一简再简地，写下几个字，或几行。给你写诗，写一行当一行。

手写的岁月，是一封眷眷深情的信，你手指依然白净，温柔地打开。

会细细地看你的眉眼、鼻尖、嘴唇，在一个久久的对视里，只是那样看。会伸出手，手指轻轻触摸、描画。

仿佛一个缓缓的触摸，你的眉眼，就会永远明媚温柔；你的鼻尖，就会永远有我们光阴的香缭绕；你的嘴唇，就会永远鲜美如初。

光阴因为我的一描一画，也变得从容而宁静。

你会轻轻地为我唱一句："我是你耳后的碎发，起风时亲吻你脸颊。"

还会喊着你的小名，唤着所有唤过的亲密的名，唤一声，窗前的花就开一朵。

光阴缓慢，因为你的名字；岁月含香，因为你的名字；你眉弯弯如新月，因为你的名字。

你会读我写的句子：忽然念起，"六十年间万首诗"，但愿有一行，"唯不忘相思"！我在你身旁，花在窗台开着，夕阳正西下，星星还没有升起来，我会轻轻唤你的名字。

你的名字，到老，都是我心头的怦然一动，是唇间开出的一朵桃花，是心底永生的香，是日月短笺上长长的念，是墨中最香最深情的一缕，是明莹的水晶，是手指滴落的诗，诗中的第一行，是全部，是世界。

你的名字，几个亲密的字眼，是前世的余音。在一寸一寸老去的光阴里，你的名字，温柔唤起，能逐退残阳，唤醒芬芳。

（二〇一七年五月半稿，六月十五日完稿）

晨起无事

郑板桥有语：今日晨起无事，扫地焚香，烹茶洗砚，而故人之纸忽至，欣然命笔，作数箭兰，数竿竹，数块石，颇有洒然清脱之趣。

古人的时光，在我看来一直是清闲幽眇的。与一个人共一盏茶，消磨几行诗，或者闲步花园，看落花流水，锦鱼摆尾，又或者闭门读书，捧卷吟哦，好不逍遥。

我所想所恋，不过是风雅之事。然而读郑板桥如此情致，羡慕之余，也不禁生疑：这难得之风雅，竟是晨起无事时才得以为之的？

想来古人附庸风雅者，毕竟是少数，即便风雅者，仍需无事时得清闲，而大多的平常人，仍是要奔走劳役，难得清趣。

我确实是喜欢晨起无事的状态，一直在追求的便是这样的娴静，这样的从容。

记得多年前，早晨跑步，最开心的事，莫过于跑在一山的青草香里，跑在鸟鸣里。偶有几次，在急促的人流中穿过，看身边的人，面色凝重，或骑车，或步行，都是一样的匆忙。

唯有我，跑累了就慢慢地走，无须急奔工作，不必忙碌，心生感恩。

但除却老人，真正的晨起无事者，寥寥无几。可我还是认为，这个世上太多的匆忙，是自己给自己找来的。匆忙的不是脚步，而是一颗忽视的心。

不管远山晴雨，不理现世风雪，
暖酒上桌，一碗日月，一碗江湖，都付笑谈中。

日前，发现养的一株珍珠梅生了蚜虫，那黄嫩嫩的小虫，有时在枝子上，一串一串的，那么小，却那么刺眼。

于是我每天开始有了新任务，捉虫。

捉虫多是在早晨，或者洗漱好，或者一睁眼，总之一定会坐在珍珠梅前，细心地捉。虽然无数个早晨，也需急急地奔向工作之中，但我不能让蚜虫一整天啃食我的花。

渐渐地，即使珍珠梅上不见了虫影，我还是习惯性地去捉。捉的过程，需要耐心，最怕伤了枝枝叶叶。由此，那捉虫的时光，变得慢了，变得安闲了。到最后没了虫，我还是会在珍珠梅前坐一坐。

其实一直以来，我有很多早晨的时光，都是在花前坐三五分钟。

我的早晨，无事无纷扰，时光静谧，这是我奖励自己的人生礼物。

陆游在《晨起》诗中说："山居虽自由，晨起亦有程。"

那么晨起都干点什么呢？"洗砚拂书几，一笑惬幽情"，这是陆游做的事，而我们难以晨起有如此雅兴。我们更多的精力在于一顿早餐，在于匆忙地与时间赛跑。

但不妨偶尔去除浮躁，在早晨的阳光里，读几首古诗，打开一天的画卷；或者早起几分钟，慢悠悠地洗漱，感受清凉的水流过手指，抚过脸面；再或者不急着起身，静静地看身边人，她仍缱绻于梦乡，你温柔落上一个吻。

在位60年的乾隆皇帝，活到89岁，据说是跟他晨起做的三件事有关。一是清晨醒后，不忙起床，而是静卧、侧卧、伸懒腰，使关节充分舒展；二是起床伸臂踮足；三是走到户外，大口呼气，将身体内浊气呼出，吸入新鲜空气，然后向四方远眺。

晨起无事，事皆由心起，关键是在一颗心啊。

一天之晨，因为是起始，所以不必过于紧张，不必过于匆忙，且闲一颗心，哪怕只三五分钟，且定一颗心，哪怕只为一些闲事流连。

晨起无事，听到自己的第一声呼吸，看到第一缕光线，听到第一声鸟鸣，皆是我们与这个世界，与自己美好的缘；推窗享受清晨日光来访，打扫房间的某一角，缓缓喝一碗暖粥，浇花，读一首诗，将时光放慢少许，皆是我们与一段光阴，与生活旖旎的情分。

（二〇一七年六月十七日）

六月见莲

　　总觉得光阴会给两个人写信，以对方的名字落款，画两朵荷，便知是某年某月某日。这样的两个人，即使再远，弦弦关山总会遇见。

　　从六月出发，带你回到我们的朝代去吧。湖上行舟，水里开着荷。你坐船头伸手打捞，捞出一条鱼影，鱼把花衔走了，留下欢快的影子。你捧着鱼影笑，我摇橹摇出一串串水花。

　　一条小舟，从桃花溪一直摇到荷花池。荷未开，你是我身边亭亭一枝，不忧不惧，美好安然；荷已开，你依然是我身边一枝亭亭，不惧不忧，安然美好。

　　荷叶擎着荷花，似捧一颗心，有别样的绿，别样的红；或荷花小朵，隐于荷叶一角之下，是一对相恋的今之古人。

　　无荷的水面总有微波，是荷与荷在细语，在说悄悄话。说起赏荷人之中，总有一枝行走的荷花，身边旁、眉目里、心头上映着那个人的影。

　　人心湖中也会起细波的，那些细腻的温柔的话语，能漾起细波；念着彼此的念能漾起细波；那些在一起的每一个美好的画面能漾起细波。

晴日赏荷，叶绿到清心，花开到清喜；雨天赏荷，叶起唐风，花接宋雨。去的人，心里都装着一卷诗文的。

一种天气，就是一方世界。爱一个人，便是最美的天气。花清和，人心里一定有玉般的净；微雨细，人心里便飘起油纸伞。

花清自入眼，雨细可入心。想想与你日常的动人处啊，在光阴细腻的笔下一定是最美的。与你捧读，好像读着读着就读回到古代了，一不小心，一个眨眼，就一身书生气，与你随看好花，同赏好雨。

相爱的人，心里都是会开一朵荷花的。一直爱到老，那一朵荷，就是圣洁的莲。所以，席慕蓉才有《缘起》诗，一开篇就注定：就在众荷之间 / 我把我的一生都 / 交付给你了。

（二〇一七年六月二十一日）

朝茶晚酒好花天

像一个少年，可以追风；像一个禅者，把空山坐空——可以为王。

像青草一样青时青，像白云一样白时白，人生随时随处可归本真——可以为王。

时有少年意气，常怀禅静心气；行到何处，也不忘本色，活到多老，也不失本心。我想，这样的人，是自己世界里的王。

我打下江山，坐拥万紫千红，守小园桃李，绿韭成诗，有美一人，浅笑深喜，贵为王妃。

不问世外何朝何代，不管尘上季节是风是雨。只朝一茶，晚一酒，相伴日常，便是两人好花天。

只要有一扇门，开向大自然，柴门、石门、木门，或者心门……
紫藤就会一挂挂，檐沿门边垂紫瀑，袅娜情重，与你恩侍盟言；
蔷薇就会一簇簇，攀着墙攀上门廊，簇拥旖旎，与你朝夕莞尔；
凌霄就会一藤藤，墙顶门上拂云般，傲世绝美，与你良缘相惜。
门前桃李初发，院里住满朝阳与晚霞。茶与酒，两个人，一日与一生，美好相宜。

心会越来越温柔，看到一个美好的词，遇到街上牵手的一对老人，听到一句歌词，发呆时的一个美好瞬间，甚至一低头，看到自己的目光落处是你的脚印。

只有温柔的心，能见温柔的心，于平平常常的朝阳里，茶刚泡好，看到一枚月牙落进来，是心上人在身边浅笑安然；于傍晚的斜风或细雨里，将朴素的光阴斟满两杯，深情对望，交心对饮，饮的是前世酿好的缘今生开启的芬芳。

我们要的并不多，草木间的风，花径上的香，牵在一起的手，并肩而行的路，容我们寂静相爱的一个世间。

一朝一晚，一茶一酒，心有安处，爱有归处，人生所求无多，光阴所赐自有清欢。

远山青草青着，白云白着，阳台的花开着，身边人幸福地笑着。眷恋着日常细微之美，牵着的手，能牵起朝阳晚霞，能牵起山水画卷里最芬芳的一缕墨，牵起花开的小径与你走过时落下的光阴花籽，能牵起心中一炉香，牵起前世今生。

从此，每个朝茶晚酒的好花天里，窗口吹来的风是你浅笑的眉眼，水杯里饮下的是你的影，一首诗里，读到心动处是彼此依偎着两行心跳。

在我的朝代，在我草木清芬的江山里，你容颜胜朝霞，你笑是绿波，你眼底是山河如画，你眉目盈盈一水，你一动，流泉穿门，一静，月色挂帘。

（二〇一七年七月十三日）